Tiara Label

ティアラ文庫

寡黙な騎士団長の淫靡な本能

蒼磨 奏

presented by Sou Aoma

JN267569

プランタン出版

目次

※本作品の内容はすべてフィクションです。

プロローグ

窓の外からは、訓練をしている勇ましい騎士達の声が聞こえる。硬質な剣戟《けんげき》の音が、絶えず鳴り響《ひび》いていた。

その声と被《かぶ》さるようにして、独占欲を隠そうともしない『声』がアイリーンの耳へと飛び込んできた。

（――誰にも、渡しはしない）

アイリーンは、足の間に顔を埋《うず》めているオルキスの姿を、涙目で見下ろした。

ここは、騎士団長が執務をするための部屋。扉一枚隔《へだ》てた向こう側では、騎士達が廊下を行き交い、職務をこなしているはずだ。

先ほどまで、オルキスもまた、訓練場で部下達に交じって剣を振るっていた。

その彼と、執務室で、どうしてこのような行為をしているのだろう。

アイリーンは激しい混乱に見舞われながら、爪先まで伸ばし、身震いした。

「んっ、んー……はぁっ、ん……」

アイリーンは両手で口元を押さえ、廊下の向こうには聞こえないようにと、必死に嬌声《きょうせい》を堪《こら》える。

室内は静まり返り、衣擦《きぬず》れの音が目立っている。

しかれども、アイリーンの耳には、聞こえるはずのないオルキスの『声』が次々と、流れこんでいた。

「っ、ん、んんーっ！」

やがて、アイリーンはオルキスの愛撫《あいぶ》で達し、仰《の》け反《ぞ》った。倒れかかったところで、オルキスがしっかりと、抱き留めてくれる。

（——頭をぶつけるところだった。危ない）

「あ……オル、キス……さ、ま……」

余韻《よいん》に浸っている間もなく、アイリーンは机にうつ伏せに押し付けられて、動揺《どうよう》した。

逞《たくま》しい体格のオルキスに背後から覆《おお》いかぶさられ、逃げる隙も与えられずに硬い一物を押し当てられる。

露出している乳房まで甘く揉《も》み上げられて、アイリーンは涙を堪えた。

「あっ……んっ……んっ、ん……」

アイリーンの思考は、オルキスと身体を繋《つな》げた瞬間から、働かなくなっていった。

こんな時でも、オルキスはひたすらに寡黙《かもく》で、その口からは苦しいのか、心地よいのか判別ができない吐息が漏《も》れるばかり。

だが、言葉を紡《つむ》がない唇とは相反《あいはん》して、彼の『心』はひどく饒舌《じょうぜつ》だった。

(――彼女の柔らかい肌に触れ、押し殺した声を聞いているだけで、俺は……)

耳朶《みみたぶ》を撫でる荒い呼吸と、余裕を失くしていく、オルキスの『声』。

こうして肌を触れ合わせて『声』を聞いていると、どうしてこんな状況になっているのか、彼の怒りの理由は何だったのか、全てがどうでもよくなっていく。

机に縋《すが》りつき、定期的に口づけてくるオルキスを受け入れながら、アイリーンは瞳の端から涙を溢れさせた。

つらいからではない。

心地よさと驚きと困惑が、混じり合った末に、零《こぼ》れ落ちた雫《しずく》であった。

(――涙を流す姿まで、愛らしくて、美しい)

普段は、絶対に聞けないオルキスの睦言《むつごと》が耳を擽《くすぐ》る。

「あぁ……あ……ふ、ぁ……」

「は、っ……」

うなじに、軽い痛みが走った。オルキスに優しく齧《かじ》られたのである。

（――ああ……駄目だと、分かっているのに、どうしても抑えられない）

駄目なのにと、幾度も己を叱咤《しった》しながら、オルキスはアイリーンを犯していった。

「うっ、あぁ……オ、ル……キス、さまっ……オル、キス、さ……」

（――また、『あの夜』のように……何もかも忘れて、愛らしい彼女を）

濃密な色香と渇望《かつぼう》を纏《まと》った低い声が、アイリーンの耳の横で、吐き出された。

「――めちゃくちゃに、してやりたい」

アイリーンは、オルキスの切なる願望を聞き、胸の奥が熱くなるのを感じた。

それこそが、鋼の自制心を持つ騎士団長が、アイリーンに対してだけ抱く、甘くて激しい衝動であった。

第一章　聞こえるはずのない声

エルシュタット侯爵家の令嬢、アイリーンは歌を口ずさみながら、軽やかな足取りで宮殿の庭園を歩いていた。

「ランラン～……ラ～ラ～……」

国王主催の音楽サロンに呼ばれていたのだが、アイリーンは側仕えのメイドの目を盗み、一人で抜け出して歌の練習をしていたのである。

「ラ～ン～ラ～」

小鳥の囀《さえず》りに似た、少女の透き通る歌声。

しかし、残念ながら、音程が少し外れている。

アイリーン自身も、音が合わないと気付いており、顔を曇《くも》らせて口を噤《つぐ》んだ。

「う―ん……ちがう……」

ピアノは上手に弾けるのに、歌は上手に歌えない。

もどかしさに口を尖《とが》らせたアイリーンだったが、視線を巡らせた時に、庭園の向こうから彼女を見つめている騎士の姿があるのに気付いて、ぱっと顔を輝かせた。

アイリーンは騎士のもとへ一直線に駆けていく。長身の騎士を見上げ、ドレスの裾を持ち上げて、礼儀正しくお辞儀《じぎ》をした。

「こんにちは。わたしのなまえは、アイリーンです」

「……」

「アイリーンは、六さいです」

「……」

「アイリーンは、ピアノをひきにきました。でも、ピアノといっしょに、おうたもうたえっていわれたのです。でも、アイリーンは、おうたがにがてです」

アイリーンはたどたどしい口調で、寡黙な騎士に向かって一生懸命《いっしょうけんめい》、状況を説明した。

「だから、こっそり、ひとりで、れんしゅうしていました。でも、やっぱり、アイリーンはおうたが、にがてです。じょうずにうたって、よろこばせたいのに」

「……」

「あ、そうだ。おにいさん。アイリーンのおうたに、あどばいす、してください」

「……え?」

戸惑いの声を上げる騎士の前で、アイリーンは歌った。

だが、どうしても、音程が外れている気がしてならない。

歌い終えたアイリーンは、黙って聞いてくれていた騎士を、不安げに見上げた。

「どうでしたか?」

するると、騎士が沈黙の間を置いて、小さく頷《うなず》く。

「……愛らしかった」

「あいらしい。それは、じょうずって、こと?」

「……まぁ、うん」

「よかったぁ。じゃあ、きかせたら、およろこびになるかしら」

「ああ、きっと」

騎士の褒め言葉に、アイリーンは嬉しくなってしまい、彼の手を握り締めた。そして、いつもピアノを弾かせてもらっている音楽室へと騎士を引っ張っていき、お礼と称して得意なピアノを披露《ひろう》する。

夜想曲《ノクターン》。最近、ずっと練習している、お気に入りの曲なのだ。

静かに聞いていた騎士は、曲を弾き終えて駆け寄るアイリーンの目線に、屈《かが》んできた。

「君は、何者だ?」

「アイリーン!」

「……家名は？」

「かめい？　おうちの、なまえ？　ええと、えるしゅ……えるしゅたっと」

アイリーンが首を捻《ひね》りながら答えると、騎士が小さく息を呑んだ気配があった。

「……おにいさんの、なまえは？」

「……ただの騎士だ。名乗るほどの者じゃない」

「ただのきし、さま？」

「それは名前じゃない」

騎士が、ゆっくりと兜《かぶと》を外す。透き通るサファイアの瞳と鼻筋の通った顔が現れた。

騎士と聞くと年嵩《としかさ》で大男の印象があったが、目の前の騎士はとても若く、綺麗だった。

「きれいな、おかお」

「……」

「ふふ」

アイリーンは騎士の首に腕を巻きつけ、背伸びをする。

私の歌とピアノを聞いてくれてありがとう。そんな意味を込め、いつも二人の兄にするように、騎士の頬に唇を押し当てた。

「ありがとうございました。では、しつれいします。アイリーンは、そろそろいかないと、へいかをしんぱいさせてしまいます。ただのきしさま」

アイリーンは、固まっている騎士に向かって行儀よくお辞儀をし、庭園を歩いていた時と同じ足取りの軽さで、音楽室を後にした。

するると、音楽室を出た途端、側仕えのメイドに見つかった。

「アイリーン様！　こんなところにいらっしゃったのですね。どこへ行かれたのかと、心配していたのですよ」

「ごめんなさい。おうたの、れんしゅうしていたの」

「さぁ、国王陛下がお待ちですよ。こちらへ」

アイリーンはメイドに手を引かれ、その場を連れ出される。

歩きながら、アイリーンは肩越しに振り返った。

彼女の歌を『あいらしい』と褒めてくれた、あの若くて美しい騎士と、またどこかで会えるといいなと、アイリーンはこっそり心の中で考えていた。

◇◆◇

十二年後。モントール王国、謁見《えっけん》の間。

王国の紋章が刻まれた銀色の甲冑《かっちゅう》に身を包んだ、屈強な身体つきの男が、玉座の前に膝を突いて頭《こうべ》を垂れていた。

男の名は、誉《ほま》れ高きモントール王国騎士団の長、オルキス・フォーサイスである。

「先日の采配《さいはい》は見事だったぞ、オルキス。お前に任せて、よかった」

「もったいないお言葉でございます。国王陛下」

「ふむ。これで、隣国もしばらくは大人しくしているだろう」

国境付近で生じた、隣国との諍《いさか》い。つい先日まで、オルキスはその征伐に出向いていたのである。そして、被害を最小限に留めて、見事に隣国の軍隊を追い払ってみせた。

玉座にどっかりと腰かけ、上機嫌で笑っている恰幅《かっぷく》のいい国王に対し、オルキスは生真面目な表情を崩さずにいた。頭を下げたまま国王の言葉を待っていると、

「さて、お前には此度《こたび》の功績に見合う褒賞《ほうしょう》を、やらねばならんな」

「私は己の職務を全うしただけですので、そのようなものは……」

「そう遠慮するでない」

恐縮するオルキスに、国王は片手を振りながら思案顔をしてみせる。

「お前は、この国を護る騎士団長として、よくやってくれている。褒賞は何がよいか、じっくりと考えておこう。追って、知らせを送る」

「……はっ。ありがとうございます」

オルキスは素早く立ち上がり、マントの裾を払って敬意を示す一礼をする。これにて、国王との謁見は終わりだ。

しかし、場を辞すために身を翻《ひるがえ》したオルキスは、国王に呼びとめられた。

「待て待て、オルキス。まだ、お前に話したい事がある」

「何でしょう。国王陛下」

「そう、身構えずともよい。堅苦しい話は終わりだ。ここからは騎士団長としてではなく、オルキス個人として聞いてくれ」

「私個人、ですか」

「ああ。お前も今年で三十になっただろう。そろそろ妻帯すべきではないかと思ってな」

妻帯。その言葉に、オルキスは微《かす》かに眉を上げる。今までは、まだ妻は要らないと言い張ってきたが、いよいよこの時が来たらしい。

国王の期待の眼差しに、逃げられないと悟ったオルキスは、密かに腹を括《くく》った。

「どうだ。気になる娘は居ないのか」

「と、言われましても。すぐには思い付きません」

淡々と答えるオルキスに、国王が呆れた面持ちで溜息を吐いた。

「オルキス。お前にはフォーサイス家の血を残す跡継《あとつ》ぎを作り、この国に末永く貢献《こうけん》してもらいたい。そのために、妻を娶《めと》って欲しいのだ。気になる娘が居ないのならば、私のほうで相手を決めてしまうぞ」

「構いません。国王陛下にお任せします」

「男に二言はないな？」

「ありません」

「よく言った。ならば、オルキス」

国王が満足げに口ひげを指でなぞりながら、その名を口にした。

「エルシュタット侯爵家の令嬢、アイリーンを知っておるか」

「……存じております。先月の夜会で、デビュタントとして紹介されていましたから」

「実はアイリーンはな、私が名づけ親なのだ。今は亡きアイリーンの父、エルシュタット侯爵とは旧知の仲だった。その縁で、私はアイリーンを実の娘のように思っている」

オルキスには、国王が続ける言葉の予想がついた。

「アイリーンを娶れ。オルキス」

朗々《ろうろう》と響き渡る命令に、オルキスはその場で片膝を突き、恭《うやうや》しく頭を下げる。

相手は国王であり、任せると言った手前、オルキスに許されている答えは一つだけ。

「御意《ぎょい》に。国王陛下」

「よし。私のほうから侯爵家には連絡を入れておこう。三日後の舞踏会には、アイリーンも出席するはずだ。その折に、私から彼女を紹介しよう」

「かしこまりました」

「アイリーンは、美しく聡明な女性に成長している。それに、気遣い上手で明るいぞ。きっと、お前とも合うだろう」

「……」

堅物な騎士団長の妻にと、薦《すす》める娘を褒めちぎっている国王に、オルキスは黙礼して、今度こそ謁見の間を後にした。

かの令嬢の名を、オルキスはずっと前から知っている。

アイリーン・エルシュタット。

「……アイリーン」

オルキスはサファイアの瞳を細め、まさかこのような場面で聞く事になるとは思わなかったその名を、呟いていた。

◇◆◇

アイリーン・エルシュタットにとって、モントール王国の国王は特別な存在だ。

当然ながら、一国民として国王には敬意を抱いている。

しかし、それだけではなく、アイリーンが生まれた時に名前をくれたのが国王だった。

いわゆる、名づけ親である。

アイリーンの父、先代のエルシュタット侯爵は彼女が幼い頃に亡くなってしまったので、恐れ多くも、アイリーンは名づけ親の国王を、父親代わりに慕っていた時期もあった。

国王も幼いアイリーンを事あるごとに宮殿に招き、茶会や音楽サロンへの同伴を許してくれていた。当時のアイリーンは、蜂蜜《はちみつ》色の髪をふわふわと風に靡《なび》かせ、若葉色の大きな瞳が大層愛らしく、いつもにこにこしていた。侯爵家の令嬢として教育も受けていたから、宮殿で出会う誰に対しても礼儀正しく、ちょこんとお辞儀をする。

そんなアイリーンを、国王は実の娘のように可愛がってくれていたのだ。

もちろん、分別がつく年頃《いまし》になると、アイリーンは己の立場を弁《わきま》えるようになった。相手は国王陛下だと自分を戒め、父に接するように甘えるのはやめた。

アイリーンが、礼儀と教養を身に付けた美しい侯爵令嬢に成長していく様子を、国王は少し寂しげに見守っていたが、いざ社交界にデビューする年齢になった時は、とても喜び、新しいドレスを贈ってくれた。他のデビュタントに比べたら、アイリーンは破格の扱いを受けていると言っても、過言ではなかった。

だからこそである。

そんな国王からの提案を、断りきれない時があった。

「アイリーン。お前も名を聞いた事くらいはあるだろう。オルキス・フォーサイス。この国の騎士団をまとめている、騎士団長だ」

とある夜会で、国王から紹介された長身の男性。夜会服を身に纏ってはいたものの、屈強な身体つきをしており、一目見ただけでも、腕利きの騎士だと分かる。

アイリーンは微笑み、国王の言葉に首肯した。

「もちろん、存じております。先日行なわれた凱旋《がいせん》のパレードでも、凛々《りり》しいお姿を拝見しました。オルキス様の名を、知らない国民は居ないでしょう」

「その通りだ。国境付近の紛争では、オルキスが見事な手腕で被害を最小限に押し留め、隣国の軍隊を追い払ったのだ。今や、我が国に無くてはならない存在になりつつある」

「陛下。私には、もったいない言葉にございます」

オルキスが、国王に向かって恭しく一礼し、ちらりとアイリーンを見てくる。

宝石のサファイアを連想させる、彼の碧眼《へきがん》。

「オルキスは生真面目なところがあるが、いい青年だぞ。なぁ、アイリーン」

「はい、国王陛下」

「この男はきっと、お前の夫に相応《ふさわ》しいだろう。お前の兄も、婚約には賛成だそうだ」

アイリーンは微笑を崩さなかったものの、突然の申し出に、内心とても驚《おどろ》いていた。

十八歳になり、社交界へとデビューしたばかりで、わざわざ国王に呼び出されて男性を紹介された時点で、察するべきだったのだ。

「異論はないな、アイリーン。オルキスは国一番の騎士だ。お前達が一緒になってくれるのならば、私も嬉しいぞ」

父のように慕う国王に、婚約者を紹介されたら、断る事ができるはずもない。

しかも、その相手が、モントール王国でも知らぬ者は居ないと噂されるほどの高名な騎士団長であったのならば、文句のつけようもなかった。

アイリーンは笑顔を張りつかせたまま、女性に対する敬意を示し、手の甲に唇を押し当てて挨拶《あいさつ》をするオルキスを、若葉色の瞳で見つめていた。

誉れ高い騎士団長は、若い令嬢の憧れの的でもある。アイリーンとて例外ではない。

だが、今の時点でアイリーンのオルキスに対する感情は憧憬《しょうけい》の域を超えていなかった。

侯爵家の令嬢に生まれたからには、自由な恋愛は許されず、家のために結婚するのは義務であると、アイリーンは理解している。

しかし、どうせ結婚するのならば、パートナーと仲睦まじい家庭を作りたいと願ってもいた。

オルキスに対する憧憬が、彼と接する内に、いずれは恋情に変わってくれる事を、アイリーンは祈った。

◇

舞踏会のホールは、色鮮やかなイブニングドレスを纏った令嬢と紳士で溢れ返っている。

ホールの隅で準備をしていた楽団が、指揮者の合図《あいず》で演奏を始めた。弦楽器の音がホール内に鳴り響き、舞踏会に招かれた客人達が優雅にワルツを踊り出す。

ワルツを眺めているふりをしながら、アイリーンは、離れたところで談笑している付き添い役の母と、長兄のフィリップの様子を窺《うかが》った。二人とも、すっかり寛《くつろ》いでいる。

アイリーンは微かな溜息と共に、隣に佇む長身の男性を盗み見た。

オルキス・フォーサイス。モントール国内でも有名な騎士団長であり、何度か顔合わせをした後、アイリーンの婚約者になった男性だ。

国王たっての要望で、すぐに結婚式の支度が進み、一月後には挙式も控えている。

オルキスは漆黒の髪と透き通った海のような碧眼の持ち主。年齢は三十だが、若くして騎士達を率いる立場にあり、目鼻立ちの整った精悍《せいかん》な顔立ちは見惚《みと》れそうになる。

国王の薦めでオルキスとアイリーンとの婚約が決まり、涙を流した令嬢も多いだろう。

しかし、実際にオルキスと接してみると、非常に寡黙で愛想が悪く、何を考えているのか分からない。心なしか目つきが鋭く、身体つきもがっしりとしているので近寄りがたくもある。

アイリーンの視線に気付いたのか、オルキスが見下ろしてくる。目が合った。

ここは、婚約者に何かしら話題を振って、互いに親睦を深めるべきなのだろう。

アイリーンは必死に話題を探したが、婚約から結婚が決まるまでの流れがあまりに早く、二人だけで過ごす機会も少なかったため、どんな話題を振ればいいか分からなかった。

「アイリーン」

耳によく響くバリトンの声。オルキスが胸に手を当てて身を屈めてくる。アイリーンは身長が低めなので、長身のオルキスが屈んでくれて、ようやく目線の高さが合った。

アイリーンの目の前に、大きな手が差し出される。

「俺とワルツを一曲、どうだろうか」

「ええ。よろしくお願いします」

ダンスに誘われて、アイリーンは、ほっと肩の力を抜く。

必死に話題を探すよりは、ダンスをしていたほうが気分は楽だ。

アイリーンは躊躇《ためら》いがちにオルキスの手を取る。剣を握る手の平は、マメができてごつごつしていた。この手で、彼は国を護っているのだ。

オルキスに導かれ、ホールへと足を踏み出したアイリーンの鼓動が、とくりと高まる。

ワルツを踊るのは初めてだった。他のダンスよりもパートナーとの密着度が高いので、デビュタントで未婚のアイリーンは、公の場では誰ともワルツを踊った経験がない。

腰にオルキスの手が添えられ、互いの距離が急接近した。夜会服に包まれた逞しい身体を布越しに感じ、アイリーンは白い頬を朱色に染め上げる。

「そう、緊張するな」

「……はい」

ワルツのゆったりとした曲調に身を委《ゆだ》ね、ステップを踏みながら、アイリーンは頭上から注がれる視線を受け止めた。

吸い込まれそうなほど、透き通ったオルキスの青い瞳。

一か月後には、この美しい瞳を持つ騎士が、アイリーンの夫となるのだ。

(——こうして見ると、だいぶ成長した)

突然、アイリーンの耳に言葉が聞こえてきたのは、彼の瞳に見惚れていた時だった。

(——緊張しているのか。愛らしい)

密着する距離で、まるで耳に直接吹き込まれたような、オルキスの囁《ささや》き。

アイリーンは驚き、頬をより一層、薔薇《ばら》色に染め上げる。

かの高名な騎士団長に、愛らしい、などと賛辞を受けるとは思ってもいなかったため、ひどく動揺した。

(——頬が薔薇色だ。俺を意識しているのか)

この密着した状況で、意識するなというほうが難しい。

次々と鼓膜を震わせる甘い声に、アイリーンは恥じらうように目線を逸らそうとして、ふと、ある異変に気付く。

(——白い肌が、首まで赤くなっている。とても初々しい)

先ほどから聞こえる声は、確かにオルキスのもの。

けれども、肝心のオルキスの唇はぴくりとも動いておらず、仏頂面も崩れていない。

そうだとしたら、聞こえてくる声は、一体誰のものだ？

首を傾げたアイリーンが、新緑の若葉のような翠《みどり》の瞳をぱっちりと開けてオルキスを凝《ぎよう》視《し》していると、彼の唇が開いた。

「俺の顔に、何か付いているか」

「……何でもありません」

「？」

聞き間違いだったのだろうかと、アイリーンは顔を背けたが、

（──急に様子が変わったな。俺が、何かしたか）

またしても、オルキスの声が聞こえてくる。

アイリーンは、咄嗟《とつさ》に彼の顔を見上げるが、不思議そうに見つめ返された。

（──俺を見上げるアイリーンの瞳は、新緑の葉を連想させる。美しいな）

やはり、オルキスの唇は閉じているのに、どこからか、ひたすら賞賛する声がする。

不思議な現象に見舞われて、アイリーンは激しく混乱した。

「オルキス様」

「何だ」

「先ほどから、一体どうなされたのです？　様子が、おかしくはありませんか？」

「いつもと変わりない」

「そう、ですか……もしかしたら、私の気のせいかもしれません」

「……」

　黙り込んだオルキスがステップを踏み、アイリーンの腰をぐっと抱き寄せた。

（――俺より小さく、肌も柔らかい。直《じか》に触れたら、どんな感触がするのだろう）

「っ！」

　ダンスからすっかり気が逸れていたアイリーンは、衝撃的な言葉を耳にして、ステップを踏み間違える。

　身体のバランスが崩れて倒れそうになったが、オルキスが両腕でしっかりと受け止めてくれた。逞しい腕と胸板に、息が止まりそうになる。

「大丈夫か」

「申し訳ありません。少し、別の事に気を取られていて……」

　アイリーンは肩を強張《こわば》らせ、おそるおそる視線を上に向けた。

（――また、頬が薔薇色だ。とても愛らしい）

　オルキスの表情は変わっていない。唇も動いていない。

　しかし、アイリーンの耳には、しっかりとオルキスの『声』が届いている。

アイリーンは動揺を隠せず、真っ赤に火照《ほて》った顔で必死にステップを続けた。そして、震える声で問う。

「……私の、聞き間違いでしょうか。今、愛らしいと、おっしゃいました？」

オルキスが、両目を瞬かせた。

「何も喋っていないが」

「そうですか、そうですよね……私の聞き間違いかしら」

「……」

（──一瞬、心を読まれたかと思った）

オルキスの沈黙と、不思議な声が重なった。

何が起きているのか分からず、アイリーンの思考は、混乱の境地へと追いやられていく。

（──愛らしいとは、確かに思ったが、まさか口に出ていたのか）

「……アイリーン？」

（──彼女の気分を害してしまったかもしれないな。気を付けなければ）

「気分でも、悪いのか？」

動きが鈍くなっていくアイリーンの異変を、いち早く察知したオルキスが、ダンスを中断してホールの隅へと連れて行く。

気遣うように手を握られ、アイリーンはどうにか笑みを浮かべた。

「ありがとうございます。お気を遣わせてしまい、申し訳ありません」

「……顔色が悪い」

「ちょっと、立ちくらみがしただけで、大丈夫です」

(――大丈夫そうには見えない。フィリップのもとへ、連れて行くか)

ホールを見回して、長兄のフィリップを探しているオルキスを仰ぎながら、アイリーンは口を噤んで深呼吸をした。頭に酸素を送り、冷静になろうと努める。

今の内に、状況を整理しよう。急に、オルキスの二つの『声』が聞こえるようになった。

一つ目は、オルキスが実際に喋っている声。

それとは別に聞こえる二つ目の声は、非現実的だが……もしかしたら、オルキスの心の声だろうか?

アイリーンは震える両手を握り締め、そっと口を開く。

「オルキス様。ワルツ、楽しかったです。ありがとうございます」

「体調は平気なのか」

「はい。何とか」

「……」

「あの……?」

何か言いたげなオルキスにじっと見つめられ、アイリーンは戸惑った。

すると、耳にあの声が聞こえてくる。

（――ダンス中も、別の事に気を取られていたと言っていたな。体調に異変か、もしくは何か、気がかりな事でもあるのだろうか）

「ええと、その……実は、今日の舞踏会に合わせて作った靴が足に合わなくて、それでダンス中も、立ちくらみがしただけです」

（――靴が合わなかったのか。では、ダンスに誘うべきではなかったな）

苦し紛れの言い訳だったが、『声』を聞く限り、オルキスは信じてくれたようだった。

アイリーンは小声で、言葉を付け足した。

「次回は、足に合う靴を履いてきます。ですから、また、ダンスに誘ってくださいますか？」

「ああ」

（――足がつらいだろう。歩けるのだろうか。何だったら、抱いて……）

「歩くのは平気です。ただ、今日は少し気分が優れないので、早めに帰って休もうと思います」

ただでさえ、目立つオルキスに抱き上げられたら、それこそ注目の的になってしまう。

アイリーンが慌てて言い加えれば、オルキスは小さく頷いた。

（――抱いて運んでやっても、よかったのだが）

無表情のオルキスに手を取られ、アイリーンは現エルシュタット侯爵である兄のもとまでエスコートされた。

オルキスが事情を端的に説明してくれたので、兄のフィリップも、すぐに帰宅の手配をしてくれた。そしてアイリーンは、婚約者に見送られながら母と二人で馬車に乗り込み、一足先に舞踏会が開催されている宮殿を後にしたのであった。

揺れる馬車の中。隣で欠伸《あくび》を噛み殺している母を横目に、アイリーンは膝の上でぎゅっと手を握り締める。

――緊張しているのか。愛らしい。

オルキスは生真面目な騎士団長だ。あんな言葉を、面と向かって口にする性格ではない。だとしたら、聞こえた『声』の正体は何なのか。

アイリーンには一つ、思い当たる節があった。

◇

舞踏会の夜から遡《さかのぼ》って、一か月前。

エルシュタット侯爵家に、マヌエルと名乗る吟遊詩人《ぎんゆうしじん》が訪れた。マヌエルは、モントール王国より大陸を東へと横断し、海を渡った先にある、マライ国から来たと語った。

マライ国はアイリーンの母の出身国であり、母国の唄《うた》をぜひとも聞きたいと、母たっての希望でマヌエルを屋敷に滞在させる事になった。

吟遊詩人はリュートを奏でながら儚《はかな》い恋の物語や、古い伝承、お伽噺《とぎばなし》を唄って聞かせ、諸国を旅して回る。いわゆる、流れ者だ。

もともとは、先代の国王が吟遊詩人を積極的に招いては、宮殿で唄わせていたのが始まりである。

その名残《なごり》で、今も上流階級の人々の間では、旅先で知った唄を披露する吟遊詩人を招くのが娯楽の一つになっているのだ。

マヌエルもまた、マライ国の民謡や伝承を唄った。そのたびに、母が懐かしがって引き留めるものだから、普通は一週間ほどで旅立ってしまう吟遊詩人が、一か月も屋敷に滞在する事になったのである。

マヌエルはリュートだけでなく他の楽器の扱いも堪能であった。そのため、幼い頃からピアノを嗜《たしな》むアイリーンの演奏を聞いて、教師よりも的確なアドバイスをしてくれた。

そういった事情もあり、母と同様、アイリーンもマヌエルを気に入っていた。

しかし、若くて容姿端麗な吟遊詩人と、社交界にデビューしたばかりの美しい妹を、二人きりにはさせないようにと長兄と次兄が常に目を光らせていたため、醜聞《しゅうぶん》になるような色気のある関係性は生まれなかった。

そもそも、アイリーンとマヌエルは、どちらかというと教師と生徒のようなやり取りばかりしており、マヌエル自身も想い人が祖国に居るのだとアイリーンに教えてくれたので、兄達が危惧《きぐ》するような関係に発展する事は、ありえなかった。

そんなマヌエルが、屋敷を去る事になったのは、舞踏会の前日であった。

去り際にマヌエルは、滞在している間によくしてもらったお礼だからと言って、アイリーンだけに不思議な贈り物をくれた。

「お嬢様。これを、あなたに差し上げます」

「小瓶に入ったキャンディ？」

「いえ、キャンディではありません。東国マライに伝わる秘伝の丸薬です。私も、偶然知り合った年配の呪術師……いえ、薬師からもらったものです。美容に、よく効くそうです。およそ一週間に一回のペースで飲むと、効果的らしいですよ」

「ありがとう。あら、薔薇の香りがするわね」

「はい。そのまま飲んでも平気ですが、紅茶に入れると溶けて風味が増すので、その飲み方をお勧めしますよ」

「なるほどね。大切に頂くわ」

透明な小瓶に入った、少し大きめの丸薬。瓶を振ると、からからと丸薬が音を立てた。

アイリーンが蜂蜜色の髪を揺らし、はにかんで礼を言うと、マヌエルも微笑み返してくれて、ふと声をひそめる。

「お嬢様。今から不躾《ぶしつけ》な質問をしますが、非礼をお許しください」

「何かしら？」

「お嬢様は現在、気になる男性は、いらっしゃいますか？」

不意打ちで質問をされた時に、アイリーンの脳裏を過ぎったのは、婚約者の顔だった。

精悍な騎士団長。国王の薦めで顔合わせをし、兄や母を交えて何度か話をした相手だ。

人となりは、まだよく分からないけれども、男性と接した機会が少ないアイリーンにとって気になる男性は誰かと問われたら、オルキス・フォーサイスと答えるかもしれない。

「よもや、お嬢様が思い浮かべているのは、結婚が決まった、例の婚約者の方ですかね？」

「……それは、内緒」

「分かりました。無理には聞きませんよ」

マヌエルが微笑ましい眼差しを送ってくるので、アイリーンは赤面した。

多くの恋物語を知っているマヌエルに、アイリーンは恋慕とはどういうものかと尋ねた事がある。婚約した男性と、うまくやれるか心配だと、心情を吐露《とろ》した時さえあった。

マヌエルは、初心《うぶ》なアイリーンの質問を聞き、恋とは口で説明できる感情ではありませんよと、おかしそうに笑っていたものだ。

「もしも私の予想が正しいのなら、その丸薬を飲んでから、婚約者の方にお会いしてみると、興味深い事になるかもしれませんよ」

「どういう意味なの？」

「飲んでみれば分かります。もしかしたら、聞こえるはずのない『本音』が、あなただけに聞こえるようになるかもしれません。その時は、心を開き、耳を澄ませ、あるがままを受け入れて差し上げてください」

「本音？」

「ああ、でも一つだけ。注意事項があります」

にこやかな吟遊詩人は、片手に持っているリュートの弦を弾いた。

ぽろろん。リュートが軽やかな音を奏でる。

「何事も節度と限度がありますから、ご使用はほどほどに。聡明なお嬢様なら、きっと心配は要らないと思いますが、念のために」

アイリーンは怪訝《けげん》そうに小瓶とマヌエルを見比べたが、折角の頂き物だからと素直に小瓶を受け取り、意味ありげな吟遊詩人の言葉を胸の奥にしまいこんだ。

翌日の早朝。母に惜しまれながら、マヌエルは屋敷を発った。

アイリーンも早起きをして彼を見送り、朝食後に出された紅茶へと、試しに例の丸薬を入れてみた。マヌエルが言った通り、丸薬は紅茶に溶けて、薔薇の芳醇《ほうじゅん》な香りが室内に漂った。

味はさほど変わらなかったが、アイリーンは丸薬を溶かした紅茶を飲み干し、その夜の舞踏会に臨んだのである。

吟遊詩人との一連のやり取りを思い返し、アイリーンは馬車の背凭《せもた》れに身を預けた。隣に座っている母は、窓に凭れて転寝《うたたね》をしていた。

◇

「……マヌエル」

ぽつりとその名を呟き、アイリーンは赤い顔で項垂《うなだ》れる。

――もしかしたら、聞こえるはずのない『本音』が、あなただけに聞こえるようになるかもしれません。

「ということは、やはり、あれはオルキス様の心の声なのかしら」

アイリーンは、火照る頬を隠すように手で覆った。何という不可思議な現象だろう。

信じられない出来事だが、実際に声が二重で聞こえてしまうのだから、信じるしかない。

「あの方、私を抱き留めて……私の肌に、直に触れてみたいと考えていたのよ」

何を考えているか分からない仏頂面の奥で、本当に、そんな事を考えているのだろうか。

屋敷へ向かう馬車の中。

アイリーンの頬の熱は、今しばらく、冷めそうにはなかった。

第二章　抑えられた欲望

舞踏会から、数日。

一か月後に迫っている結婚式の準備で、アイリーンは忙しい日々を送っていた。婚礼用のドレスの仕立てから始まり、オルキスの両親も交えて、披露宴の手配をする母の手伝い。

その合間を見て、アイリーンは屋敷の音楽室でピアノを弾くのが日課だった。

あの舞踏会の夜、オルキスの心の声を聞いてしまったアイリーンは、未だに動揺が抜けきらず、今日もまた心を落ち着かせるために音楽室へと足を運んでいた。

「ラ～ララ……ララ～……」

鍵盤《けんばん》を弾くタイミングに合わせ、アイリーンは少し音程がずれた音色を、口ずさんだ。

アイリーンは物心ついた頃から、侯爵家の英才教育を受けており、ピアノも、教師をつけてもらい手習いをしている。礼儀作法や教養、令嬢が身に付けるべき全ての嗜みにおいてアイリーンは優秀であったが、どうやらピアノの才能は飛びぬけていたようで、国王の音楽サロンに招かれる際も、たびたび弾かせてもらっていた。

しかし、唯一残念な事に、アイリーンには歌唱のセンスがなかった。

どれほど技巧を凝《こ》らした難しい曲でも、ピアノでは軽々と弾いてみせるのに、歌となるとそうはいかない。

透き通るような歌声だが、いちいち音を外して、聞くに堪えないものになる。

つまるところ、一言で言ってしまうと、音痴《おんち》なのだ。

「ラン、ララン～……うーん、やっぱり音が違うわ。私って、本当に音痴ね」

アイリーンはピアノを中断し、悲しげに呟く。

アイリーンにも、ピアノの弾き語りに憧れて練習していた時期があったが、お前は人前で歌わないほうがいいと、次兄のヴィクターに真顔で言われた時に、潔《いさぎよ》く諦めた。

だが、ピアノを弾いていると、どうしても歌いたくなる時がある。

そういう時はいつも、音楽室に籠《こ》もって一人で歌った。少し音が外れた歌を、ピアノに合わせて口ずさむのだ。

気を取り直したアイリーンは、鍵盤に指を乗せて新たな曲を弾き始めた。

しっとりとした落ち着きのある曲調は、モントール王国で数々の名曲を遺した作曲家が、最後に作った夜想曲《ノクターン》。アイリーンのお気に入りの一曲だ。

ピアノに集中し、無心に鍵盤を叩いていたアイリーンは、音楽室をノックする音に気付かなかった。静かに扉が開き、誰かが入ってきても、アイリーンの意識はピアノに注がれている。

やがて、曲が終盤に差し掛かった時だった。

ふと視界の隅に人影を見つけ、アイリーンはビクリと肩を揺らし、演奏を中断した。

音色の余韻が消えて一気に静まり返る音楽室で、アイリーンは扉へと目を向ける。

いつの間にか扉の前にはオルキスが居て、アイリーンの演奏を聞いていた。彼は騎士の鎧ではなく、はたまた夜会服でもなく、紺色のジャケットとベスト、ズボンに身を包んでいる。

その姿は、屈強な騎士団長というよりは、育ちのいい貴公子に見えた。

アイリーンは戸惑いつつも立ち上がり、ドレスの裾を直しながらオルキスに歩み寄る。

近くに行くと、突然、アイリーンの耳に声が聞こえてきた。

(――美しい演奏だ)

鼓膜を震わす、低いバリトンの声。

アイリーンは動揺を必死に隠して、礼儀正しくドレスの裾を摘まんでお辞儀をした。

「こんにちは。オルキス様」

「ああ」

「いつから、そこにいらっしゃったのですか?」

「ついさっき」

「よく、私が音楽室に居ると分かりましたね。もしかして、使用人がここまで案内してくれたのですか?」

「そうだ」

「入ってこられた事に、全く気付きませんでした」

「一応、ノックはした」

オルキスは短い相槌《あいづち》を打ち、口を噤んでしまう。と同時に、またもや声が聞こえた。

(——ピアノの音がしたから勝手に入ってしまった。よくなかったかもしれないな)

「お気になさらないで。私ったら、いつもそうなのです。ピアノを弾いていると、どうしても周りの音が耳に入ってこなくて」

「いや……俺も次は気を付ける」

(——とても美しい音色だったな。もう一度、演奏を聞きたい)

二つの声を聞きながら、アイリーンは頬を染める。

正直に言って、今もまだ半信半疑なのだが、もしも本当にオルキスの心の声が聞こえてくるのだとしたら、ピアノの音色が美しいと褒められるのは、とても嬉しい。

もう一度、聞きたいと乞われるのは、ピアノ奏者としては誉れであり喜びだ。

しかし、その賞賛は、実際にオルキスが口を開いて彼女に語ってくれた内容ではない。あくまで、彼が心の中で考えている事だ。

だから、アイリーンは反応ができない。曖昧《あいまい》に微笑んで誤魔化《ごまか》すしかなく、動揺を抑えるので精一杯だった。

「あの、もし、オルキス様がお嫌でなければ、今度、私のピアノ演奏をお聞かせしてもよろしいですか？　今日は集中が切れてしまったので、お聞かせできませんが」

「ああ」

アイリーンの十の言葉に、返ってくるのは一の返答。それほどまでに、オルキスは口数が少なくて素っ気なかった。弾まない会話に、アイリーンも戸惑ってしまう。

しかし、次の瞬間、

（――今日、聞けないのが残念だ。ピアノを演奏する彼女の姿も、とても愛らしく、美しかったのに）

アイリーンは頬を朱色に染め上げると、表情が乏《とぼ》しく、静かに佇んでいるオルキスをまじまじと見つめてしまう。

愛らしく、美しい？

本当に、この人は、そんな風に思っているのだろうか。

戸惑いが、更なる戸惑いを呼び、視線を泳がせていたら、

（――突然、来たから驚かせてしまっているな。このまま散歩にでも、誘ったほうがいいだろうか）

「ええ、ぜひ」

反射的に答えたアイリーンは、オルキスが瞳をぱちりとさせるのを見て、しまったと唇を噛《か》んだ。つい、心の声に相槌を打ってしまった。

「あ、その……ぜひ、オルキス様に演奏をお聞かせしたいです。その日のために、たくさんピアノを練習しておきますね」

オルキスが頷いたので、アイリーンはほっと肩の力を抜く。

「……アイリーン」

「はい、何でしょうか」

「散歩でも、しないか」

「しましょう」

ぎこちなく切り出された申し出に、アイリーンはすかさず答えて、差し出されたオルキスの手を取った。だが、数歩も歩かない内に足取りを鈍らせる。

（――柔らかく、小さな手だ）

「っ……」

「？」

「オ、オルキス様は……手が、大きいのですね」

（――俺の手が大きいのではなく、君の手が華奢《きやしや》で小さいだけだ。護ってやりたくなる）

繋がれた手にぎゅっと力が籠もり、ここでまた、アイリーンの頬は真っ赤になった。

足を止めて俯《うつむ》いていたら、つられてオルキスも立ち止まる。アイリーンは怪訝そうに見下ろされた。

（――様子がおかしい。顔が真っ赤だ。もしかして、熱でもあるのではないか）

身を屈めたオルキスが、無遠慮にアイリーンの額へと手を押し当ててきた。

予告もなく、いきなり異性に触れられたアイリーンの鼓動は更に跳ね上がる。大きな手の平から熱が伝わってきた。

アイリーンが親しく接してきた男性は二人の兄と国王と、あの吟遊詩人だけ。

その誰もが、アイリーンにとっては異性ではなくて親しい家族や教師に近かった。一度たりとも相手が男性であると意識した事はないのだが、あの舞踏会の夜を境に、オルキスが相手だと、少し会話をするだけでアイリーンは動揺が隠せなくなる。

ぶっきらぼうで素っ気ない態度とは裏腹に、耳に聞こえてくる心の甘い囁きが、アイリーンを狼狽《ろうばい》させるのだ。そのたびに、胸がどきどきして苦しくなる。

「いきなり、どうなされたのです……？」

「……顔が赤い」

（――熱が、あるのではないかと思った）

「顔が赤いのは、暑いからです。早く、外へ散歩に行きましょう」

「……」

「オルキス様。お手を、お放しください」

アイリーンは見目麗しく、表向きは完璧な侯爵令嬢だった。公の場でなら、凛とした令嬢として周りの目に映っているだろう。

だが、二人の兄や国王に護られ、箱入り娘に育てられたお陰で、相手を異性と意識した瞬間から、すぐに顔が赤くなってしまうほど純情な部分があった。

オルキスが素早く額の手を引っ込め、アイリーンの顔と、自分の手を見比べている。

（――まさか、顔が赤くなったのは、俺と手を繋いでいるからか？）

「そういうわけでは、ないのです」

咄嗟に、アイリーンが心の声に返答すると、オルキスが訝《いぶか》しげに目を瞬かせた。

またやってしまったと、アイリーンは臍《ほぞ》を噛みながら、急いで取り繕う。

「オルキス様の手が、とても大きくて……少し、緊張してしまっただけで……」

「……」

「実を言うと……男性と手を繋ぐのは、初めてなのです」

「そうか」

オルキスが納得したように呟き、繋がれたままの手を見つめた。

(――愛らしい反応をする)

それは、とどめの一言だった。

アイリーンは何も言えなくなり、オルキスに手を引かれながら音楽室を出た。

廊下にはメイドが控えており、二人の後をついてくる。婚約しているとはいえ、まだ結婚していないため、名目上は、お目付け役が必要なのである。

(――彼女は侯爵家の令嬢だ。婚約したとはいえ、急に会いに来るのは控えるか)

アイリーンはオルキスと並んで廊下を歩き、彼の心情に耳を澄ませる。

(――しかし、今のままでは仕事が忙しく、なかなか会話をする時間が取れない。結局、婚礼の支度も任せっきりになってしまっている)

結婚式の支度や打ち合わせの場に、大抵オルキスは居ない。職務が忙しくて、時間が取れないのである。

モントール王国を、周辺諸国から護っているのは騎士団だ。国防を担う騎士団長の職務が忙しいのは、アイリーンとて分かっている。

騎士団長は、時には国王や宰相の相談役にすら、なるそうだ。

「……オルキス様」

アイリーンは、二人の間に落ちる静寂《せいじゃく》を破るように、口火を切った。

「今日は私に会いに来てくださり、ありがとうございます。結婚式までは、まだ時間があ

ります し……その前に、オルキス様とは、ゆっくりお話ししたいと思っていたのです」

「……急に非番になった。驚かせるつもりは、なかった」

「驚きはしましたが、来てくださっただけでも、嬉しいです」

それは、アイリーンの率直な気持ちだった。

オルキスに対する感情は、まだ、自分ではよく分からない。けれど、心の声を信じるならば、オルキスのほうは少なからずアイリーンに好意を抱いてくれている。

無愛想な表情からは何を考えているか分からないが、非番になり、こうして会いに来てくれたのだから、たとえ相手が国王の命で定められた婚約者でも、歩み寄ろうと努力もしてくれているのだろう。

だったら、アイリーンもオルキスに歩み寄りたいと思う。分かりづらい人だが、彼は多くの功績を残している騎士団長である。頼りがいがあるのは間違いない。

アイリーンは、こっそりと自分の胸に手を当てた。

騎士の長であるオルキスは、国中の若い娘が憧れる存在だ。だが、一か月後にはアイリーンの夫になる。だったら、彼に憧れるのではなく、彼を好きになってみたい。

——愛らしい反応をする。

アイリーンの胸が、甘い何かを予兆するかのように、とくりと、音を立てた気がした。

アイリーンは深呼吸をすると、傍らのオルキスを見上げ、微笑みかけた。

「忙しいお仕事の合間に、こうしてお会いできる時間を作って頂けるのは、私としても本当に嬉しいです。でも、オルキス様は、この国にとっても重要なお仕事をされていらっしゃいますから、お仕事を優先してください。それでもし、また、お時間が空いた時は、いつでも屋敷にいらしてください。お待ちしております」

「……」

(——仕事を優先、か。聞き分けのいい事だ)

オルキスが、アイリーンの笑顔を見つめ返してくる。

(——結婚式まで一月。やはり、空いた時間を見て会いに来よう。少しでも、距離を縮めるために)

「アイリーン」

「はい」

「……また、来る」

別れ際のような台詞《せりふ》。だが、その言葉に含まれた意味合いは少し違う。

アイリーンは微笑んだ。ぶっきらぼうな言い方は、とてもオルキスらしかった。

(——しかし、国王陛下の命令とはいえ、まさか相手が、アイリーンだとはな。陛下の言った通りだった。美しく、そして聡明に成長したようだ。あの、幼かった少女が……)

幼かった少女。一体、何の話だろう。

玄関ホールへと続く階段を降りながら、アイリーンが不思議そうに首を傾げた時、

「あれ、団長じゃないですか！　いらしてたんですね」

階段の下から、元気のいい声が聞こえた。次兄のヴィクターだ。

「アイリーンに会いに来たんですか？」

「ああ」

「忙しいあなたが非番だなんて、珍しい。ちなみに俺も非番だったので、久しぶりに屋敷でゆっくりしていました。あなたが来られると分かっていたら、俺も出迎えたのに」

（――ヴィクター。相変わらず、騒々しい男だ）

微かに眉を寄せるオルキスに向かって、爽やかに笑いかけているヴィクターは、今年で二十五。アイリーンと同じ、輝くような黄金色の髪をうなじで一つにまとめている。

性格は、快活で爽やかを絵に描いたような青年だ。ただ、少しばかり女癖が悪く、端整な面立ちに浮かぶ甘い微笑と魅惑的な声色で、社交界のマダム達の心を奪っていた。

一見、優男にしか見えないヴィクターだが、長男のフィリップが既に侯爵家を継いでいるため、今は王国騎士団に入団している。

つまり、れっきとした騎士で、オルキスの部下である。しかも、本人曰く、腕は立つらしい。

アイリーンは、ヴィクターが面白おかしく語ってくれる戦場での武勇伝を、いつも笑っ

て聞き流しているが。

「アイリーンもよかったな。ここ数日、団長に会いたがっていたじゃないか」

ヴィクターがアイリーンに向かって、ウインクしてくる。

アイリーンは、きょとんとした。騎士として、宮殿に出仕しているヴィクターとは、夕食の席でのみ一緒になるが、そんな話をした覚えはない。

(――俺に、会いたがっていただと?)

「……そうなのか」

「そうだよな。アイリーン」

「それは、ええと……」

婚約者と次兄の視線を受け、アイリーンは黙り込み、頬を染めた。

ヴィクターは、にやにやと笑っている。妹を困らせて喜んでいる顔だ。わざと言ったに違いない。そんな風に話を振られ、会いたくなかったです、とは言えないではないか。

兄を恨めしく思いつつも、アイリーンは、しどろもどろに答えた。

「確かに、その……お会い、したいとは、思っておりました」

(――仕事を優先しろと言ったのは、強がりだったか)

「ただ、先ほども言いましたが、オルキス様の、お仕事が忙しいのは分かっています。ですから……こうして会いに来てくださるだけでも、嬉しいと申し上げたのです」

（――つまり、本音を隠し、俺の事情も考慮した上で気遣いをした、と）

オルキスは無言で聞いているが、心の声は次々と耳に届く。そちらの声と会話している気にすら、なってくる。

アイリーンが必死に言葉を選んでいると、ヴィクターがくすりと笑って、仮にも上司であるオルキスを肘《ひじ》で小突いた。

「団長。アイリーンは礼儀も教養も完璧ですが、男心が分からない純情な娘ですからね。色々と頑張ってください」

（――純情？　確かに。彼女はすぐ、頬を薔薇色に染めるな）

「ヴィクター兄様……」

「アイリーンも、そんなに顔を真っ赤にして、照れなくたっていいだろ。というわけで、団長。俺の妹は純情ですが、良妻になるのは間違いないですよ。団長も存分に、可愛がってやってくださいね」

（――可愛がる？）

「っ、お兄様……！」

思案顔をして黙っているオルキスと、滅多に声を荒らげないアイリーンが慌てる様子を、ヴィクターは楽しそうに観察してから、手をひらひらと振って階段を上っていく。

嵐のような存在感を持つ兄の姿が、階上へと消えると、アイリーンはおそるおそるオルキスを見やった。

オルキスは顎《あご》に手を当て、アイリーンをじっと見つめ返してくる。

(——可愛がる……か)

「オ、オルキス様。気を取り直して、散歩に、行きましょう」

(——愛らしいものを、愛《め》でるのは当然か。しかし、結婚するまでは、お預けだな)

結婚するまで、お預け？

アイリーンの手を取り、庭へと誘うオルキスはいつもの無表情。だが、その胸中で何を考えているのかはアイリーンには筒抜けで、彼女は顔から火が出そうだった。

「……いつも、あんな感じか」

「え？」

「ヴィクターだ」

「そうですね。ヴィクター兄様は、お話が上手なので、食事の席を盛り上げてくれます」

「職場でも騒々しく、たまに支障が……いや、すまない」

久々に、オルキスが長く喋ったかと思ったら、すぐに黙り込んでしまう。

(——こんな話をしたら、兄を侮辱《ぶじょく》されたように思えるだろう)

「職場でも、そんな感じなのですね」

快活なヴィクターに、よくからかわれているアイリーンは、気にしていないという意味を込めて相槌を打った。

「ヴィクター兄様には、少しお調子者なところがあるのです。幼い頃は、私もよく、からかわれていました。私が泣き出すと、フィリップ兄様に『そんなに、妹をからかうな』と叱られていましたけれど」

「……目に浮かぶ」

（――目に浮かぶな）

オルキスの心底呆れたような二つの声が、同時に重なった。

思いがけないところで、彼の本音が表に出てきたので、アイリーンは笑ってしまう。

「でも、ヴィクター兄様も、フィリップ兄様には頭が上がらないようです。フィリップ兄様はお喋りに興じる事は少ないですし、きちんと結婚をして身を固めておられます。亡き父の代わりに領地の管理や、社交場にも出席して、侯爵家を支えてくれていますから」

（――フィリップか……今はもう、侯爵だからな。彼とはまた、色々と語りたいものだ）

「そういえば、オルキス様とフィリップ兄様は、お知り合いだそうですね」

「ああ」

（――彼女と結婚したら、フィリップが俺の義兄になる。……いや、待て。ヴィクターも義兄になるのか）

オルキスが眉を寄せ、難しい表情をしている。

アイリーンと婚約する前から、オルキスはフィリップとは知り合いだったらしい。どこかの夜会で初めて顔を合わせた時に、意気投合したとか。

同い年の二人は、真面目で口数が少ない。きっと波長が似ていて、気が合うのだろう。

(――フィリップはともかく、ヴィクターか……俺には兄弟がいないから、どんな感覚か分からないが)

考え込んでいるオルキスを、アイリーンは優しい眼差しで見守った。

結婚後の、兄二人との関係を悩んでくれている。それはつまり、オルキスが結婚そのものを前向きに受け入れてくれているとも、取れる。

「オルキス様。これを機に、フィリップ兄様とも、ゆっくりお話ししてみたらいかがです？　私からお伝えしておきます」

「……式を挙げる前に、フィリップと母君、そして君を俺の屋敷へ招こうと考えていた」

「あら、そうだったのですか？　では、その時にお話しできますね」

「日取りが決まったら、知らせを送る」

「よろしくお願いします」

食事会の目途が立ったところで、会話が途切れて、オルキスが立ち止まった。

ちらりと横目で見下ろされ、彼との和《なご》やかな雰囲気《ふんいき》に油断していたアイリーンは、背筋をピンと伸ばす。

（——少しは距離が縮まった気がする。これくらいは、いいだろうか）

オルキスは遠くで控えているメイドを一瞥《いちべつ》し、アイリーンに視線を戻した。

オルキスは、何をしようとしているのだろう。

アイリーンが戸惑いで目線を泳がせた時、手を引っ張られた。紳士的な彼らしからぬ強引さで、近くの木陰《こかげ》へと連れて行かれる。

メイドの視線を木で隠したオルキスが、アイリーンの頬を両手で挟み、身を屈めてきた。

「オルキス様？」

怪訝な声を上げた時、一綴《ひとつづ》りの単語が、彼女の耳に飛び込んでくる。

（——口づけを）

とくりと鼓動が速くなった。オルキスの薄い唇が迫ってくるのを見て、アイリーンは自分が何をされるのか、悟る。

ぎゅっと両目を閉じて接吻《せっぷん》に備えたら、オルキスの吐息が顔に触れてきた。

（——何をされるか分かっていて、逃げないのだな。……このまま、焦《じ》らしてやるか）

アイリーンが、ぱちり、と瞼《まぶた》を上げると同時に、オルキスが顔を押し付けてくる。

（——やっぱり、焦らすのは、やめた）

アイリーンは、生まれて初めての口づけを受けた。

触れ合う唇の柔らかさと、愛撫するように耳を擽っていく指を感じて、心の中で狼狽の悲鳴を上げながら、再び両の瞼を閉ざす。

「んっ……んー」

「……」

「ふ、っ……ぁ」

頬を両手で固定され、幾度も角度を変えながら唇を押し当てられた。

アイリーンは震える手で、オルキスの背に縋りつく。

オルキスが薄目を開けて、反応を観察している事など知る由もなく、足から力が抜けそうになったが、必死に足を踏ん張った。

(──初々しいな)

アイリーンは、オルキスと隙間なく唇をくっつけて、与えられる接吻をたどたどしく受け入れる。

(──頬を染めて、必死に堪えようとする姿が……堪《たま》らなく、そそる)

剣を握る武骨な指先が、アイリーンの耳から首へと撫で下ろしていった。細い肩を辿《たど》り、腰まで降りていく。異性に、こんな触れ方をされた経験は一度もない。

アイリーンは身震いした。口づけの、その先を連想させるオルキスの指先に、怖気づいて逃げ出しそうになる足を、必死にその場に留める。

(──なんて、健気で、愛らしい……もう少し、だけ)

オルキスの厚い舌先が口唇を舐め上げ、歯の隙間を抉《こ》じ開けた。表面を触れ合わせるだけの接吻だったはずが、とうとう、口内へと侵入してきた舌が彼女の舌を搦《から》め捕る。

「んん、っ……ん……」

「手を」

オルキスが、少しだけ口唇が離れた隙に、首へ手を回せと指示をしてきた。

アイリーンは素直に従い、爪先立ちをしてオルキスの首に抱きつく。

「ぁっ……オル、キス、さま……」

口の中まで嬲《なぶ》られ、アイリーンは息も絶え絶えに名を呼んだ。

オルキスの太い腕が、アイリーンの腰をぐっと抱き寄せる。ワルツを踊った時よりも、遥かに近く密着する。

紳士的とは、とてもじゃないが言えない粗暴さで、オルキスが口づけを深めた。

(――戸惑い、怯《おび》え、困惑しながらも、俺を拒絶しないのだな)

アイリーンは、オルキスの声に耳を傾けながら、施されるキスに身を委ねる。

やがて、アイリーンの腰が抜けて、かくんと足から力が抜けた。すかさず、オルキスが抱き留めて支えてくれる。ようやく、唇が離れた。

「はっ……はぁっ……」

アイリーンが肩で呼吸をしていると、オルキスが控えめに背中を撫でてくれる。

「……悪かった」

「い、え……」

「立てるか?」

「もう少し……こうしていても、いいでしょうか」

アイリーンは、ばくばくと高鳴る胸に手を当ててから、真っ赤に熟れた顔をオルキスの硬い胸板に押し付ける。

オルキスは木陰の向こうを窺う仕草をしてから、肩の力を抜いて抱き締めてくれた。

(――見て見ぬふりを、してくれたようだ)

お目付け役の、メイドの事だろうか。

オルキスは、背中までゆったりと垂らされているアイリーンの金髪《ブロンド》を、優しく指で梳《す》いてくれる。

初めてのキスは、髪を梳く指先のように、優しいものではなかった。粗暴で荒々しく、全てを奪われるような感覚がした。

けれども、と、アイリーンは腫れぼったくなった唇に、そっと触れた。

……悪くはなかった。むしろ、もっとしてと、言いたくなるくらい。

社交場では、騎士道に則《のっと》り、女性には限りなく紳士的なオルキスの新たな面を知って、アイリーンは戸惑いもあったが嬉しくもあった。

と同時に、少しだけ不安もあった。オルキスと結婚したら、彼は日頃から、こんな風に不意打ちで唇を奪っていき、アイリーンの腰が抜けるほど翻弄《ほんろう》するのだろうかと。

(——少し、やりすぎたか)

アイリーンの額に何かが当たった。オルキスの頬だった。反省の声が聞こえてくる。

(——結婚するまでは、我慢だ。夫婦になったら、存分に……愛でる)

アイリーンは唇を引き結び、オルキスの腕の中で、この先の夫婦生活を想像した。

キスも何もかも不慣れなアイリーンを、オルキスは、どのようにして愛でるというのか。

残念ながら、アイリーンの知識と想像力では、満足な答えは得られなかった。


オルキスの屋敷へと招待されたのは、それから一週間後の事であった。

アイリーンは、例の不思議な丸薬を最初に一粒飲んだきり、手を付けずにいた。

心の声が聞こえる現象は、寡黙なオルキスの本音を知れる貴重《きちょう》な機会ではあったが、人の心を覗き見ているようで、あまりいい気はしない。

丸薬の効果がどれくらい続くかは分からないが、マヌエルが『一週間に一回のペースで飲むと効果的だ』と言っていた記憶はあるので、大よそ、その程度なのだろうとアイリーンは予想していた。

こうして、丸薬を飲まずにフォーサイス家の食事会に足を運んだアイリーンだったが、現侯爵であるフィリップと母、そしてオルキスの両親を交えた和やかな昼食の後、オルキスと二人で庭園の散歩をしていた時、ある事に気付く。

「天気がいいですね。散歩日和《びより》です」

「ああ」

「お庭の手入れは、庭師の方がやられているのですか？」

「そうだ」

「垣根が、とても綺麗です」

「そうか」

「……」

「……」

会話が、続かないのである。

アイリーンが一生懸命、頭を働かせて話題を探すのだが、オルキスは短い返答で打ち切ってしまい、会話を発展させてくれない。

オルキスは食事の席でもほとんど喋らず、黙々と食事をしていた。

話しているのは専ら、アイリーンと母、そしてオルキスの両親。たまに、フィリップが交じって会話を盛り上げていたが、オルキスは必要最低限の受け答えしかしなかった。

碌《ろく》に会話もできず、二人で庭園を一周し終えると、アイリーンは小声で話しかける。

「オルキス様。そろそろ、戻りましょうか」

「ああ」

アイリーンは、どうしてもオルキスの反応が見たくて、勇気を出して手を繋いでみた。

オルキスは横目で、ちらりと彼女を見下ろしたが、何も言わずに軽く握り返してくる。

無表情で無口。今、オルキスは何を考えているのだろう。

手を繋ぐだけでも頬を染めるアイリーンを、愛らしいと思ってくれているのだろうか。

不安を覚えたアイリーンは、駄目だと分かっていながら、オルキスの本音を知れる『声』が聞こえないかと耳を澄ませてしまった。もちろん、何も聞こえてこない。

オルキスの心の声が聞こえていた時は、相槌の打ち方で何度か失敗もしたけれど、会話は遥かに弾んでいた。

アイリーンは繋がった手を見つめながら、緊張で口内が渇いていくのを感じていた。

この時になって、ようやくアイリーンは、マヌエルがくれた忠告の意味を知る。

——何事も節度と限度がありますから、ご使用はほどほどに。

一度、『本音が聞こえる安心感』を知ってしまったからには、抜け出すのは難しい。

相手の本心は、分からないのが当たり前だ。けれど、特にオルキスのように、抜きんでて思考が分かりづらい人と結婚するからには、その『安心感』を得たいと思ってしまう場面が、必ず訪れるだろう。

その時はきっとまた、あの丸薬を使ってしまう。

アイリーンは、そんな気がしてならなかった。

◇

その時は、意外と早く訪れた。舞踏会から約一か月が経過した、結婚式の前夜。

とうとう、結婚式の日が来てしまう。

アイリーンは丸薬が入った小瓶を前に、懊悩《おうのう》していた。

今日に至るまで、打ち合わせのために、オルキスとは何度か会話を交わしている。

だが、そのたびに会話は弾まず、必要最低限のやり取りで終わってしまった。相変わらず、オルキスが何を考えているのかは分からない。

アイリーンは、夫となるオルキスが彼女との結婚式で何を感じ、何を考えるのか、知りたくて堪らなかった。

飲んではいけない。飲むべきではない。

そう分かっていながらも、遂にアイリーンは一時の誘惑に負けて、紅茶に一粒、丸薬を入れてしまった。

そして、一夜が明けた、翌日。

王国の騎士団長と、エルシュタット侯爵家の令嬢の結婚式は、盛大に執り行われた。

宮殿の隣にある荘厳な教会で、多くの貴族と騎士が見守る中、二人は誓いの儀式をした。

アイリーンの細身に合わせて仕立てられた純白のウェディングドレスは、ふんだんにレースがあしらわれ、裾はふわりと長めに作られていた。開いた襟元には小さな真珠《パール》も鏤《ちりば》められており、歩くたびに教会のステンドグラスから射しこむ陽光を反射して、きらきらと輝く。

アイリーンは、真っ赤な絨毯《じゅうたん》が敷かれたヴァージンロードを、騎士の正装姿に白いマントを羽織ったオルキスと共に歩いた。視線を横へ流せば、参列者の最前列では、国王と王妃が穏やかな眼差しで式を見守っている。

アイリーンは緊張を誤魔化すように深呼吸し、薄いヴェールの奥から、オルキスをこっそりと見上げて耳を澄ませてみた。式に集中しているのか、彼の声は聞こえなかった。

「オルキス・フォーサイス。アイリーン・エルシュタットを、生涯《しょうがい》、伴侶《はんりょ》として愛し、護る事を誓いますか」

祭壇《さいだん》で司祭が読み上げた誓いの台詞に、オルキスは淀みない口調ではっきりと答えた。

「誓います」

「では、アイリーン・エルシュタット。オルキス・フォーサイスを、生涯、伴侶として愛し、支える事を誓いますか」

アイリーンは、しっかりと顔を上げて微笑んだ。

「はい。誓います」

「よろしい。ならば、指輪の交換を」

初老の司祭が、にっこりと笑いながら二人を見つめ、祭壇の端から、天使を模《も》した白いドレス姿の少女が運んできた指輪を示す。

オルキスが身を屈め、幼い少女が掲げている小さなクッションの上に並んだ指輪を、一つ取った。そして、そっとアイリーンの手を取り、左手の薬指にはめてくれる。

アイリーンもオルキスに倣《なら》い、ごつごつした彼の手を取って、薬指へと指輪をはめた。

「おめでとうございます。お幸せに」

満面の笑みを浮かべた少女が小声で囁き、ぱたぱたと天使のような足取りの軽さで、祭壇の脇へと戻っていく。

「続いて、誓いのキスを」

司祭の声が、教会に粛々《しゆくしゆく》と響き渡った。

オルキスがアイリーンに向き直り、身を屈めてくる。薄いヴェールをそっと退《ど》けて、顔を覗き込んできた。

その途端、耳に感嘆《かんたん》の声が届く。

(――天使のように、美しい)

オルキスは、いつもの仏頂面のままアイリーンの頬に片手を添えた。顔を傾け、神の使いである天使を敬うかのような丁寧さで、冷たい唇を押し当ててくる。

(――一生、護ると誓おう)

それが、オルキスの本当の囁きか、それとも心の声だったのか。

分からないほど近い距離で、唇が触れ合っていたのは、ほんの一瞬だった。

瞬きをする間にオルキスは顔を離し、アイリーンの頬から耳にかけて撫でていく。親指の腹で愛撫するように口紅の乗った唇を撫でられ、彼女の鼓動は甘やかな音を立てていた。

(――これで、俺の妻だ)

アイリーンを見つめるオルキスの心の声には、感情の起伏《きふく》が見て取れない表情と態度で巧妙に隠されてきた、渇望が感じられる。

普段の無感情な眼差しが、今はとても、熱くて甘い気がした。

とくり、と、また心音が高鳴る。

この感情は何だろうと、アイリーンは胸に手を当てる。

もしかして、彼は……このアイリーン・エルシュタット自身を欲しているの？

国王陛下の命で、仕方がなく結婚するのではなく？

オルキスの指が、名残惜しそうに唇から離れたが、最後に一度だけ、指の背で驚くほど優しく、アイリーンの頬を撫でていった。

たったそれだけの仕草で、アイリーンの頬が真っ赤に染まり、熱い吐息が零れる。

一体、どうした事か。胸の鼓動が、どきどきして止まらなかった。

滞《とどこお》りなく誓いの儀式が終わった後は、教会の入口で、夫婦になったばかりの二人に参列者が次々と祝いの言葉を投げかけてくれる。

アイリーンはオルキスに付き添われ、白い花のブーケを、参列者に向かって投げた。

すると、見事にブーケを手に受け止めたのは、次兄のヴィクターであった。

ヴィクターは、ブーケを手に二人のもとへとやって来て、悲しげに言う。

「あれほど可愛かった俺のアイリーンも、とうとう、お嫁に行ってしまうんだな。可愛い妹を嫁に出すなんて、お兄ちゃんは、寂しくて死んでしまいそうだ」

「おめでとう、アイリーン。そして、オルキスも」

「ええ、ええ。本当におめでとう。とても綺麗だわ、アイリーン。オルキス様、どうか、娘をよろしくお願いしますね」

芝居がかった仕草で項垂れているヴィクターを無造作に手で退けた長兄のフィリップが、涙ぐむ母と共に、祝いの言葉をくれる。

アイリーンは母と抱擁《ほうよう》し、真面目な顔をしているが、少しだけ目元が潤《うる》んでいるフィリップを抱き締めた。続いて、にこやかな顔に戻ったヴィクターとも抱擁を交わして、オルキスの隣に戻る。

(——彼女は、愛されているな)

隣から、オルキスの声がした。

(——これからは、俺が彼等の代わりに、彼女を護らなくては)

アイリーンは目元の涙を指で拭い、オルキスと腕を組んで宮殿へと向かった。

国王は式に参加していたが、終わった後は謁見の間に来るようにと、二人に言い含めていた。おそらく、王妃と一緒に、改めて祝いの言葉をくれるのだろう。

こうして、周りの人々に祝福されながら、アイリーンはオルキスと晴れて夫婦になった。


婚礼の後、国王の配慮で宮殿の一室を借りた披露宴が終わると、二人は宮殿内にある豪奢な客室へと案内される。

結婚式の夜は特別だからと、国王が宮殿内の一室を新婚夫妻に提供してくれたのだ。

室内は広々としており、窓際には大きな天蓋《てんがい》つきのベッドが置かれていた。

「素敵なお部屋ですね。陛下がご用意してくださったそうですが、もしかしたら、国賓《こくひん》の方々が泊まられる部屋でしょうか」

「……おそらく」

(――結婚式は、花嫁にとって一生に一度の晴れの舞台だ。宮殿に泊まらせて頂くだけでも、貴重な思い出になるだろう)

微笑んだアイリーンは、着替えずにそのままでいるウェディングドレスの裾を持ち上げ、窓辺に向かう。小さなベランダに出て、夜の空気を胸いっぱいに吸い込んだ。

部屋は三階。窓の向こうに広がっているのは、国民が住まう街並みだ。

「陛下には、またお礼を申し上げないといけませんね。いつも、私は陛下に、色々なものを頂いてばかりなので」

「可愛がっている」

「え？」

主語も、目的語もないオルキスの台詞に、思わず振り返る。

アイリーンのもとへ、オルキスがゆっくりと近付いてきた。隣に並ぶと、彼は足りない言葉を補う。

「陛下は、君を」

「そういう意味でしたか」

「……」

「ありがたい話なのですが、幼い頃から陛下には目をかけて頂いているのです。父が存命の頃、陛下とはとても仲がよかったそうです。その縁で、生まれたばかりの私に、陛下が今の名前をくれたのです」

アイリーンは手摺《てすり》に凭れた。花嫁衣裳に合うように結い上げられた黄金色の髪がひと房、くるんと弧を描いて顔の横に垂れている。それを指に絡めながら、彼女は続けた。

「アイリーン。この名は恐れ多くも、何代か前の王妃様のお名前だとお聞きしました。東国マライから嫁いでこられた王女様で、宝石のようなエメラルドの瞳が美しかったとか。私の母もマライの出身で、この通り、私の瞳の色もエメラルドです。それにちなんで、王妃様のお名前をくださったそうです」

「……」

「だから、陛下は私の名づけ親なのです。物心ついた頃には、私の父は病で亡くなってしまったので、幼い頃は陛下を、父親のように慕っていました」

(――陛下には、跡継ぎの王子はおられるが、娘がおられないから、きっと、彼女を実の娘のように思っておられるのだろう。彼女もまた、陛下に父の面影を重ねている)

オルキスが小さく吐息をついて、アイリーンの肩に手を置いてきた。その手に慰めの意味が込められているように感じ、アイリーンは苦笑する。

「ですが、今はもう、陛下はこの国を治めていらっしゃる国王陛下だと、きちんと分かっております。……さすがに、幼い頃のように抱っこをねだったり、肩車をしろと、わがままを言ったりはしません」

しんみりとした空気を和ませようと、アイリーンは、わざと明るい口調で冗談を言った。

オルキスが、両目をぱちりと瞬かせる。

(――陛下に抱っこと肩車をねだったのか。幼い子供は、怖いもの知らずだな)

呆れるというよりは、いっそ感心したような心の声。

アイリーンは吹き出しそうになるのを必死に堪え、目線を街へと向ける。話題を変えるために、夜の街を指で示した。

「オルキス様。このお部屋からは街が一望できますね。家屋《かおく》に光がぽつぽつと灯っていて、とても綺麗です」

(――……本当に綺麗だ)

「オルキス様も、そう思いますか？」

アイリーンを眺めていたオルキスが、少し遅れて首肯し、腰を抱き寄せてくる。

いきなり、距離が急接近した。ウェディングドレス姿のアイリーンが緊張で身を強張らせていると、オルキスは目に焼き付けるように彼女を見つめた後、ふいと顔を逸らした。

(――やはり、綺麗だ)

外の街並みを見たからではなく、アイリーンを見た後に、オルキスは感嘆している。

先ほど、オルキスが胸中で綺麗だと賛辞を送っていたのは、夜の街ではなく新妻の姿であったのだと、アイリーンは遅ればせながら気付いた。

（――ドレスも美しいが、今は邪魔だな）

アイリーンが羞恥で固まると、オルキスがサファイアの瞳で流し目を送ってくる。彼の端整で、ほとんど感情を表に出さない顔からは、想像もできないような欲望を滲《にじ》ませた心の声がアイリーンの耳を犯し始めた。

（――早く、暴いてやりたい。何もかも、全てを）

アイリーンは、一気に襲ってくる緊張で身を固くした。

初夜に夫と何をするのかは、アイリーンも知識として頭に入っている。細かい部分はオルキスに教えてもらう事になるだろうが、とにかく、ドレスは脱がなければならない。

そして、文字通り、オルキスに全てを暴かれてしまうのだろう。

（――しかし、まずは緊張を解いてやらないと）

「……アイリーン」

「は、はい！」

「何か、飲むか？」

息を呑んで声を聞いていたアイリーンは、人形のように、こくこくと首を縦に振る。

オルキスが、戸棚に並べられている酒の瓶を取り出した。テーブルに用意してあるグラスに注いで、カウチに座るアイリーンへと差し出すと、隣に腰を下ろしてきた。

アイリーンが受け取ったグラスを口元へ持っていけば、アルコールの香りがした。舌を湿らせる程度に舐めてみれば、口当たりのいい白ワインのようだ。

アルコールは得意ではないのだが、緊張を紛らわせるために数口、含む。

「オルキス様は、お酒は強いのですか?」

「……それなりに」

「披露宴では、皆さんにお酒を注がれてたくさん飲んでいらしたのに、顔色一つ変わっていませんね。私は、そこまで強くはないので羨ましいです」

「……」

「お酒に強くなる秘訣とか、あるのでしょうか」

「何故で……っ」

「弱くていい」

(——酔った姿も、きっと愛らしいだろう)

言いかけた途中で、アイリーンは不意を突かれて黙る。

(——俺は、浴びるほど飲んでも酔えない酒など、つまらないがな)

アイリーンと同様に、黙ってしまったオルキスが、白ワインの注がれたグラスを口元へ持っていく。

「……お酒を飲んでも酔わないとは、どういう感じなのでしょう」

「つまらない」

オルキスが一言、ぽつりと答える。心の声と、返答は同じ。

「では、普段からお酒も飲まれないのですか？」

「付き合い以外では、な」

オルキスがワインを一息に飲み干す。空になったグラスをテーブルに置いた。

「今も、お酒をお飲みになられていますが、つまらないのですか？」

アイリーンがおそるおそる尋ねてみると、オルキスがネクタイの襟元を緩め、横目で見てくる。彼は結婚式で纏っていた騎士の甲冑を脱ぎ、今は新郎の燕尾服《えんびふく》だった。

「……いや」

(――俺の言葉が足りないせいもあるだろうが、つまらないなど、ありえないだろう。今夜は初夜だぞ)

一の言葉を補足するように、十の心の声が聞こえる。

アイリーンは手元のグラスに目線を落として頬を染めた。初夜。

他愛ないやり取りで、どうにか誤魔化そうとしていた緊張感が、じわり、じわりと足先から這い上がってくる。

アイリーンは、緊張をより緩和させるため、ワインのグラスを両手で持ち、呷《あお》った。

二口、三口……それだけで、限界だった。グラスを離し、口内に充満するアルコールの風味で咳き込む。

「こほっ……こ、ほっ」

「……苦手なら、一気に飲むな」

横からグラスを取り上げられ、背中を撫でられた。横から顔を覗き込まれる。

「す、すみません……大丈夫、です」

頰を赤らめ、涙目で平気だと告げたら、オルキスが動きを止めた。

（――涙に潤んだ瞳と、火照った頰）

オルキスの瞳は、透き通った海の色。いつもは凪《な》いでいるはずの目の奥に、いつしか焼けつくような欲情が浮かんでいると、アイリーンは見て取る。

それはワインのせいか、はたまた、別の要因か。

「アイリーン」

「……は、い」

「……いいか？」

（――早く、暴きたい）

掠《かす》れた声で囁かれる問いかけと、それに被さるようにして聞こえてくる、切実な願望。

それは、表と裏、二重の誘惑。

騎士を束《たば》ねる者として、欲望とは無縁に見える質実剛健《しつじつごうけん》なオルキスが、心の奥底に秘めている甘い衝動。

アルコールのせいだろうか。アイリーンは身体の奥が熱くなるのを感じた。

神の前で誓いを立て、オルキスとアイリーンは夫婦となった。アイリーンもまた、オルキスに対して、憧憬以外の感情が生まれつつあるのを、自分でも感じ取っている。

だから今夜は、オルキスの妻として身を委ねる事に抵抗はない。この日が訪れる前に、覚悟も決めてきた。

今後は、夫婦として新たな時間を過ごす中で、己の感情もはっきりとしていくだろう。

アイリーンは目を伏せると、深呼吸をしてから、慎ましい声で応じた。

「よろしく、お願いします」

答えると同時に、オルキスの腕が肩と腰に回され、アイリーンは軽々と持ち上げられた。

オルキスは、ふわふわと裾が広がる純白のウェディングドレスを邪魔そうに退けながら、彼女を窓際の大きなベッドへと運んでいく。

アイリーンの鼓動の拍は、全速力で走った時のように速まっていく。緊張のあまり、両腕をオルキスの首に巻きつけて、ぎゅっと抱きついた。

(——怯えているのか)

優しくシーツに横たえられ、頭をよしよしと撫でられる。

「オルキス様……」

オルキスが、おもむろに白いジャケットとベストを脱いだ。シャツのボタンを外してから、半身を起こすアイリーンの上に覆いかぶさってくる。

「あ……待っ」

オルキスが、待ってと言いかけるアイリーンの唇に、人差し指を置いた。

(――待てない)

待つつもりも、ない。オルキスの真剣な瞳が、そう語っている。

大人しく力を抜いたアイリーンを、オルキスは性急に奪うのではなく、まずは見事な金髪に触れてきた。上品に結われていた髪を愛でながら、ピンと髪飾りを外していく。

緩やかなウェーブを描く髪が、肩に落ちてきた。幼い頃は腰まであった髪だが、今は肩甲骨にかかる程度の長さだ。

オルキスがアイリーンの顎を指で持ち上げ、唇を重ねてきた。

「んっ……オル、キス……様」

うなじに手が添えられて、がちがちに強張っている緊張を解《ほぐ》すように、軽く揉まれる。

「ふ、っ……ぁっ……」

最初は、舌で舐めて触れるだけだったキスが、徐々に濃厚になっていく。口内へと舌が滑り込んできて、屋敷の庭園で奪われた初めての口づけを思い出した。

オルキスが、口唇に軽く歯を立ててくる。がじ、がじ、と齧りつかれて、アイリーンは身体の力が抜けてしまい、後ろに倒れこんだ。

オルキスが追いかけてきて、アイリーンの片手を摑み、シーツに縫い留める。

彼が再び、獰猛《どうもう》な獣のように唇へと食い付いてきた。

「むっ……ん、んっ……」

息継ぎができなくて、アイリーンは重なり合う唇の隙間から、必死に酸素を吸い込んだ。

（――甘い唇）

キスを交わしながら聞こえてくるのは、耳が痺《しび》れるほどの甘ったるい囁き。

（――甘い吐息）

アイリーンはオルキスと舌先をこすり合わせながら、唾液を交換した。無意識にオルキスの首へと腕を回し、たどたどしい舌遣いで、彼の舌を追いかける。

（――俺に応えようとする、健気さ）

たっぷりと舐《ねぶ》り、キスだけでアイリーンを乱したオルキスが、ちゅっと音を立てながら唇を離した。

オルキスは口唇に付着した、どちらのものか分からなくなった唾液を己の舌で舐め取り、陶然《とうぜん》とした面持ちで転がっているアイリーンを起き上がらせる。

オルキスが背中に腕を回し、腹部から胸部を圧迫していたコルセットの紐を緩め、シュミーズごと引き下ろした。華奢な肩から鎖骨、その下にある張りのある乳房も露《あら》わになる。

「あっ……」

(——美しい)

オルキスが乳房に顔を寄せ、滑《なめ》らかな肌に舌先を這わせた。そして、先端の淡い蕾《つぼみ》に赤子のように吸い付く。

アイリーンは両手で顔を覆った。指の隙間から、乳房に吸い付くオルキスを見る。

オルキスは前歯で痛みを与えない程度に齧り、薄らと歯型をつけた後は、口内でころころと先端を転がした。

次に、マメだらけの手が空いている乳房を包み込んだ。ほどよい大きさに育った膨らみの感触を楽しみ、揉みしだいていく。

「ふぁ……オルキス、様……」

(——想像していたよりも、ずっと柔らかい)

柔らかさを、想像していたの？

アイリーンは羞恥で顔を覆ったまま、オルキスの声に、耳を澄ませていた。

(——もっと、触れたい)

胸元に顔を埋めていたオルキスが、アイリーンを見上げてくる。清廉潔白《せいれんけっぱく》な騎士が、アイリーンの乳房に舌を這わせ、存分に愛撫を施している様は、とても淫靡《いんび》だった。

その時、この行為が始まってから、ほとんど喋っていないオルキスの唇が動いた。

「アイリーン」

欲望を極限まで抑えたバリトンの声で名を呼ばれただけでも、全身に甘い震えが走った。オルキスの口から零れる掠れた声は、自然と耳に入ってくる心の声とは、聞こえる感覚が少しだけ違うのだ。彼の心の声は、どちらかというと頭の中に響くような、聞こえ方がする。

けれど、無口なオルキスの肉声は、他の音と同様に耳へと直接響くのだ。

「……平気か？」

（――怖がらせては、いないだろうか）

アイリーンは、小さく肩を震わせた。

怖くはないが、視覚的な刺激が強すぎる。

「へいき、です……だいじょうぶ、です」

か細い声で答えると、オルキスが両目を伏せて、愛撫に戻った。

アイリーンの乳房は、オルキスの手の中で揉まれながら、形を変えている。指の腹で、胸の頂をくりくりと転がされて、吐息が零れてしまった。

「あ、んっ……」

「……」

「……ふ、あっ」

両側の乳房を、ゆっくりと、交互に口で愛撫を受けた。どちらも唾液で湿らされ、空いている膨らみは、丹念に、丹念に……唾液を塗りこむように揉まれる。

アイリーンは後ろに手を突き、倒れそうになる身体を支えた。

オルキスの黒い頭が、胸元で動いているのを、涙目で見下ろす。

(——もっと、もっと、触れたい)

アイリーンの頭には、彼の思考が打ち寄せる波みたいに、流れこんでくる。

(——すぐにでも、この身体を、組み敷いて)

「あ……あ、っ……」

(——嫌だと泣かれても、やめてと乞われても)

「オルキス、様っ……」

(——強引に『俺』を、教え込んでしまおうか)

かくんっ、と身体を支えていた手から力が抜けた。身体が傾《かし》いで倒れる。

すると、オルキスが無防備に投げ出されたアイリーンの片足を肩に担ぐ。そして、幾重《いくえ》にも襞が重なるドレスの裾に、手を差し入れてきた。手探りで太腿のガーターベルトをパチンと外す。

両足の爪先から、ソックスが脱がされていく様を、アイリーンは呆然と見上げていた。

オルキスが、その視線に気付く。

(——目が丸くなっている。驚いているのか)

「……今から脱がせる」

「も、もう……脱がされた後です」

「……」

「何か、おっしゃってください」

「……悪い」

(――言うのが遅すぎたか)

その通り、宣言が遅すぎる。アイリーンは両手で火照った頬を隠した。

(――言わなかったのは、わざとだが)

真顔でアイリーンの足を肩に担ぎ、次は下着《ドロワーズ》に狙いを定めているオルキスの本音は、アイリーンには駄々漏れだ。

(――いちいち、反応が愛らしいから、つい)

アイリーンは絶句して、涙目でオルキスを睨み付ける。

(――俺を、睨んでいるな)

オルキスが手を休め、目を逸らすどころか、真正面から見つめ返してくる。できるだけ怖い顔をして、負けじと睨んでいると、

(――なるほど。怒った顔も、愛らしい)

アイリーンは一瞬で意気を削がれ、勢いよく横を向いた。近くにあった枕を抱き寄せ、

顔を押し付けて顔を隠す。

異議を申し立てようとしても、全て、愛らしいの一言で片付けられてしまうのが、恥ずかしいやら、悔しいやら。

ソックスに引き続き、下着も引き下ろされて、足から抜かれた。

次は何をされるのかと、アイリーンが枕の陰から様子を窺っていたら、オルキスがほっそりとした両足を両肩に担ぐ。ドレスの裾を大きくたくし上げて、足の間へ顔を埋めようとした。

「っ、お待ち、ください！」

「?」

「そこは……」

「……そこは？」

「いえ……不浄の、場所なので」

「……不浄の場所？」

「顔を近付けられるのは、抵抗が……」

「……抵抗が？」

「っ……誰かに見せるものでは、ないので……抵抗が、あるのです」

「……」

抑揚《よくよう》のない口調で、淡々と聞き返してきたオルキスが、ぱったりと口を閉じてしまった。

アイリーンが枕を放り出し、両手でドレスの裾を押さえ、もじもじしていたら、

(――ヴィクターの気持ちが、少し分かった)

どうして、ここで次兄の名が出てくるのか。

(――困らせて、恥じらう反応を、見たくなる)

どうやら、オルキスは楽しんでいるらしい。相変わらず、表情筋がぴくりとも動かない顔からは、そのように考えているとは、全く見て取れないが。

アイリーンの足を肩に担いだまま、オルキスが再びドレスの中へと手を滑らせてきた。

「……慣らす必要が、ある」

オルキスが無防備な足の間を指で探りながら、ぶっきらぼうに言う。

「手を、退けてくれ」

「……分かり、ました」

「不快に感じた時は、言ってくれ」

面と向かって請われ、アイリーンは大人しく、裾を押さえていた手を引っ込めた。

どうやら、オルキスの心の声には反論したくなるが、話しかけられると弱いらしい。

そう気付いたアイリーンだったが、オルキスの指が媚肉を探り当てたため、ピクンと肩を揺らした。指先が髪色と同じ下腹部の茂みをかき分け、狭間《はざま》を撫でている。

「っ、あ」

強烈な違和感を伴って、太い指が媚肉を押し開き、内側へと潜り込んできた。

微かに湿り気を帯びた隘路《あいろ》の入口を、指の腹がこすっていく。

情事の細かい作法は知らずとも、子供を作るためには、オルキスと下半身を繋げる必要があると、アイリーンは知っていた。

オルキスは、慣らす必要があると言った。おそらく、そこを使うのだろう。

骨ばった指が、疼痛《とうつう》を孕《はら》みながら蜜口に入り込んでくる。くいくいと入口を拡げる動作をし、徐々に奥へ奥へと挿入されてきた。

(――狭いな)

「あっ……」

アイリーンは、解けた髪をシーツに散らしながら、身を投げ出して仰け反る。

それ以上は挿入しないで欲しいと、勝手に身体が訴えて、我知らず腰が引けてしまった。

しかし、オルキスが担いでいる足をがっちりと押さえ、彼女の動きを制限する。

「……オ、オルキス、さま……」

「不快か？」

「い、え……平気、です」

ずぶずぶと埋没《まいぼつ》していく指の感触は、ひどく不快であったが、アイリーンはこんな時でも気を遣って伝えなかった。指が出し入れされる感覚に眉を寄せ、違和感に耐える。

（――苦しそうだ）

オルキスが指を抜いた。そして、抜いたばかりの指を躊躇《ちゅうちょ》なく口元へ持っていく。ぱくりと含み、唾液をたっぷりと付着させて、もう一度彼女の蜜口へと挿しこんだ。

唾液の助けを借りて、指が入ってくる。

「んっ、んっ」

緩慢な速度で、指の挿入が繰り返された。思わず、腰が浮いてしまう。

アイリーンが稚拙な動きで腰を揺らしていたら、オルキスの口から熱い吐息が零れた。

（――これほどに）

唾液を塗りこめられ、露出されている乳房。桜色の頂が、ちょこんと天を向いている。

乱れきったドレスの裾からは、細い足が二本伸びて、オルキスの肩に乗っていた。

「あ、っ、ぁ……あぁ……」

アイリーンは、自身がどのような痴態をさらしているか、考える余裕もなくなっていた。

オルキスの指が動くたびに腰を揺らし、蜜液を溢れさせる。指を銜《くわ》えている部分の、少し上にある花芽も呆気なく探し出されてしまい、挿入に合わせてこすりたてられた。

「あぁーっ、ん……あ……」

（――これほどに、美しいものを、見た事がない）

身じろぎをしてベッドが軋《きし》む音と、アイリーンの喘《あえ》ぎ声だけが響き渡る室内。

しかし、アイリーンの耳だけが、惜しみなく与えられる賛辞を拾った。

オルキスが、担いでいたアイリーンの足を下ろす。

(――なんて……そそる、光景だ)

堪らないとばかりに、オルキスの唇がアイリーンの唇を塞いできた。

食らいつく。まさしく、そう言ってもいい、横暴な口づけであった。

「んっ、ふぁっ、あ」

「……ん……」

「オ、ル……キス、さ……ま」

キスの合間に顔を背け、必死に酸素を得ていると、蜜口を拡げていた指が二本に増えた。

「あ、ぅっ!」

(――二本目)

カウントが始まった。少し性急な二本の指が、アイリーンの内側を犯していく。

「や、っ……ンンっ……」

アイリーンに覆いかぶさって口づけていたオルキスが、乳房も揉み始めた。

「う、っ……う……」

オルキスが濃密なキスを軽いものに変え、角度を変えつつ、表面を触れ合わせていく。

アイリーンが口を開けても、オルキスは舌を挿しこまず、もどかしい接吻を続けた。

(――三本目)

二本の指でかき混ぜられていた蜜口に、とうとう、三本目の指が押し込まれる。

節くれだった指を三本飲みこむのは、さすがに、きつくて苦しい。

アイリーンは、か細い声で訴えた。

「オル、キス……さ、ま……そ、れは……」

「苦しいか?」

「は、い……」

すぐに、指が一本抜けた。根元まで突っ込まれた二本の指で、秘められていた場所が開拓され、解されていく。

身体の内側を暴かれながら、アイリーンはお腹の奥で生まれた熱に、戸惑った。

オルキスの指が動き、花芽を転がされて、狭い内側を拡張されていくと、腰が揺れて嬌声が零れ落ちる。四肢《しし》が震え、汗がどっと吹き出した。

「んっ、あ、ああ……っ……」

(――そろそろか)

「あぁ、あ……あ」

初めてのアイリーンは、次々と溢れてしまう声を抑える術《すべ》など知らない。

男の手で欲望の熱をかきたてられ、それが弾ける瞬間の快楽も知らない。

だから、ひどく怯えて、両手を伸ばす。オルキスの逞しい首にしがみついた。

「……あっ、いや……っ……オル、キス、さま……んっ」

「さぁ……」

耳の真横で、聞こえる囁き。

「見せてくれ」

(——君の、最も美しい姿を)

オルキスの指の動きが、速さを増した。乳房も揉まれ、先端を指できゅっと摘まれる。

刹那《せつな》、アイリーンの身体の奥で、溜まりに溜まっていた熱がパチンと弾けた。

「ふぁ、あっ……あぁあ！」

アイリーンは背を弓なりに反らした。踵《かかと》でシーツを蹴り、甲高い嬌声を上げる。

身体が浮いて、ベッドから落ちてしまう。

初めての絶頂に見舞われながら、そう感じたアイリーンは、オルキスにより一層、強く抱きついた。全身が震えて頭がふわふわする。しがみついていないと、どこか遠くへ飛ばされてしまうような気がした。

体内から指が抜けていく。オルキスが、優しく髪を撫でてくれた。

「うっ……う……」

生理的に瞳の端から涙が溢れ出す。

呼吸は整ってきたのに、とくとく、と鼓動の音は、とても速かった。

鼓動が、ようやく普通の速さに戻ってきた頃、アイリーンはオルキスを見つめる。

オルキスの表情はいつもと変わらない。

そして、心の声は……。

（――……）

今は、どうしてか、沈黙してしまっている。

アイリーンは身を強張らせた。頭が冷えてきて、先ほどの己の乱れきった姿を思い出す。

あられもない声を上げて仰け反った。恥ずかしくて、言葉が出てこない。

オルキスは、あの姿を見て一体どう思ったのか。

アイリーンは必死に耳を澄ませた。心の声が聞こえる事に、依存《いそん》してはいけない。頭では分かっているのに、気になって仕方がなかった。

オルキスを見つめるアイリーンの瞳が潤み、徐々に涙目になっていく。

すると、黙りこくっていたオルキスが、おもむろに身を起こした。彼女に背を向け、乱暴な手つきでシャツを脱ぎ捨てると、下衣のベルトを外す。

「オルキス、さま？」

オルキスがアイリーンに向き直り、片足を持ち上げ、脇に抱える。開かされた足の間に硬い物体が押し付けられた。

(――我慢の)

「……え?」

オルキスが、アイリーンの両手を一つにまとめ、片手でシーツに押さえつける。

アイリーンの視点からでは、オルキスの雄芯が足の間に押し当てられている状況は、ドレスの裾が邪魔になって見えない。

アイリーンに覆いかぶさるように、筋肉質な上半身を近付けてきたオルキスの額から、ぽたりと熱いものが落ちてきた。

これは、汗?

(――我慢の、限界だ)

切実な響きを纏った声が聞こえた瞬間、雄々しく猛《たけ》った剛直が、ぐっと蜜口にめり込んできたために、アイリーンは呼吸を止めた。

「っ、ふ……う……うっ」

逞しい身体つきと同じく、太くて立派な雄芯が、痛みに身を捩《よじ》るアイリーンの蜜口を深々と挿し貫いていった。色鮮やかな破瓜《はか》の血が、結合部から伝い落ちていく。

アイリーンは、目尻から大粒の涙を流した。もっとゆっくりして欲しいと、懇願する暇《いとま》さえなかった。

小刻みに震えるアイリーンの両手を解放し、オルキスが太い腕で抱き寄せる。もどかしげに、ゆるりと腰を動かし、小さな声で謝罪をした。

「……悪い」

(――もう少し、ゆっくりしなければ、ならなかったのに)

「こんな、つもりでは……悪かった」

衝動のままに身体を繋げたオルキスが、無遠慮に乙女を散らしてしまった非礼を詫びる言葉を、幾度も繰り返した。

アイリーンは唇を噛み締め、ぎこちなく首を横に振る。

「へいき、です」

「……アイリーン」

「オル、キス、さま……」

アイリーンが痛みを堪え、引き攣《つ》る顔で笑って見せたら、彼が初めて表情を崩した。

ぎゅっと柳眉《りゅうび》を寄せ、歯を食いしばる。

(――駄目だ)

自分を律する声が聞こえると、ほぼ同時に、オルキスが腰を動かした。

「あ、あぁ……！」

突如、奥を突き上げる律動が始まったので、アイリーンはオルキスの背に縋りつく。

「ふ、あっ、あっ、あ……！」

「……っ」

「……オ、ルキ……ス……さっ……ふ、ぁあんっ」

（――駄目だ）

オルキスは大柄なため、華奢なアイリーンはのしかかられると、身動きが取れない。

鍛え上げられ、筋肉に覆われた片腕がアイリーンの腰に巻きついた。抱き寄せられ、下半身が密着する。根元まで埋まっている雄芯が、ぐるりと奥を抉るように回った。

オルキスの形を覚え込まされ、受け入れやすくするために拡げられているのだ。

彼と夫婦となった証に、純潔を奪われたアイリーンは、オルキスの背に爪を立てた。

「あんっ、ふ、ぁ」

オルキスの力強い突き上げで、ベッドが軋んだ。

「やぁっ……あぁ、あ」

アイリーンは、押し潰されそうな錯覚《さっかく》を抱きながら、オルキスの首に顔を埋める。

獣のような粗暴さで身体を揺らしているオルキスには、いつもの余裕が全くなくて、額から汗を流しながらアイリーンを抱いていた。

疼痛は、消えていない。けれども、アイリーンはオルキスを押しのけはせず、むしろ自分から肌を押し付けていた。

腕の中で揺さぶられ、お腹の奥まで雄芯で犯される。

「あ、っ、オ、ル……キ、ス……さ、まっ」

(――駄目だ、駄目だ)

荒々しい呼吸がアイリーンの顔に触れ、駄目だと叱咤する声が、絶え間なく聞こえる。

乳房を握られて、指の痕がつくほど乱暴に揉まれた。

首筋にオルキスの顔が寄せられて、強く吸い付かれる。白い肌に赤い痕が残った。

硬く漲《みなぎ》る雄芯は、アイリーンの蜜口をめいっぱいに拡げている。ズッズッ、と出し入れを繰り返される内に、破瓜の痛みもどこかへ飛んでしまった。

男性に身体を奪われる感覚を、初めて知ったアイリーンは、苦痛の表情から陶然とした面持ちに変わっていく。

「……ンンっ……あ……あ、あ」

「……っ……は……あぁ」

オルキスの形のいい唇から、嘆息に似た吐息が零れた。

彼は、アイリーンの身体を堪能するように、瞼を閉じている。

(――駄目だと、分かっているのに……)

欲望に身を委ね、自分を制御できなくなっているオルキスの頬に、アイリーンは両手を添えた。汗ばんだ顔を引き寄せると、唇を重ねる。

駄目だと己を律するオルキスに、私は平気よと、そんな意味を込めて。

その瞬間、オルキスの瞼が上がり、サファイアの瞳が大きく見開かれた。

「君、は、っ……」

オルキスが言葉を飲みこみ、血が滲むほど唇を噛む。全身に力が籠もり、太い首に筋肉の筋が浮いた。

(――やはり、抑えられない)

足を抱え上げられ、より一層、深く熱杭を穿《うが》たれる。

「あ、んっ……!」

「……っ」

「う、っ、あぁ……オ……オル、キ……ス、さっ……ま……」

(――このまま、君の、全てを)

アイリーンは朦朧《もうろう》とする意識の中、薄目を開けた先で、オルキスの唇が動くのを見た。

耳を凝らさねば聞こえないほどの声と、頭の中に響く囁き。

心と身体。表と裏。二つの声が、重なった。

「――――めちゃくちゃに、してしまいたい」

めちゃくちゃ、に？

オルキスの隠しきれない欲望を湛えた瞳が、アイリーンを射貫く。

アイリーンは、オルキスの底知れぬ情欲を受け止めながら、ぞくりと身震いした。

「っ……アイリーン……」

オルキスが顔を傾け、唇を塞いできた。

ベッドの軋む音が、ことさら大きくなり、アイリーンは彼の腕の中で、襲いくる絶頂の気配を感じ取っていた。

けれど、オルキスが動きを調節して、こみ上げてきた熱の行き場を曖昧にし、焦らす。

「あぁ、あっ……」

鍛え上げられた騎士、しかも団長を務めるオルキスの体力は、並外れたものであった。

(——まだだ、もっと)

いつまで続くのだろうと、アイリーンはオルキスにのしかかられながら、涙を零した。

オルキスは華奢なアイリーンを抱き締め、行為に没頭している。

アイリーンは気が遠のくほどの長い時間、失神しかけるたびに揺さぶられて起こされた。

疼痛は今や完全に消え去り、オルキスの剛直がもたらす心地よさを、時間をかけて教え込まれていた。

やがて、訪れる快楽の果てに、アイリーンはオルキスの手で導かれた。

アイリーンのお腹の奥を押し上げていた雄芯が、突き上げる速度を上げ、奥深くで震えて弾ける。灼熱の飛沫《しぶき》が、吐き出された。

「っ……あ、あぁ……っ！」

「……っ」

「ふ、ぁ……」

オルキスが押し殺した声を零し、白濁を余さず注いでいる間、アイリーンもまた、絶頂を迎えていた。目の前が閃光で真っ白に染まる。

「っ、ん……ん………オル、キス……さ、ま」

アイリーンは、遠のく意識を必死に繋ぎ止め、肩を上下させて荒い呼吸をしているオルキスに弱々しく腕を絡みつける。

汗ばんだ黒髪をかき上げたオルキスが、アイリーンをきつく抱き返した。

「アイリーン」

「………は、い……」

「……」

「オル、キス……さ、ま……？」

（――まだ、足りない）

初めての情事が、あまりにも激しくて、ぐったりとしているアイリーンを、オルキスは黙って抱き締めてくれる。

足りないという声が聞こえてきたので、てっきり、もう一度、あの甘い責め苦が始まるのかと覚悟を決めたアイリーンだったが、オルキスは手を出してこなかった。

アイリーンは、オルキスの抱擁を受けながら両目を閉じる。

情事に不慣れな身体は悲鳴を上げており、腰がだるくて、もう起きていられない。

意識を飛ばす寸前、アイリーンの耳には、すまない、と消え入りそうな謝罪が届いた。


朝を迎え、柔らかな毛布に包《くる》まり、目覚めたアイリーンは気だるげに唸《うな》った。

「……ん」

目をこすりながら起き上がるが、全身が、だるくて仕方がない。頭も重くて、熱っぽい気もした。喉も痛くて、声は掠れきっている。

アイリーンが起きたと気付いたのか、足音がしてベッドが軋む。

既に起きていたオルキスが、ベッドに腰を下ろして、アイリーンの顔を覗いていた。

昨夜の行為が一気に蘇《よみがえ》ってきて、アイリーンは赤面する。

手加減されずに抱かれ、最後は疲れきって、気絶してしまったのだ。

「おはよう、ございます……オルキス様」

「ええと……清々《すがすが》しい、朝ですね……」

「ああ」

子猫のような欠伸をしたアイリーンの額に、オルキスの手が添えられる。

(――顔が赤いな)

「まだ寝ていろ」

オルキスが顰《しか》め面をし、裸でぼんやりしているアイリーンを、毛布で包んだ。

(――熱っぽい)

「……すみません。ちょっと、だるくて」

「……」

「少し眠れば、元気になります。式の疲れが出たのだと、思います」

苦笑するアイリーンの手を、オルキスが握り締めてくる。

(――式の疲れ……いいや、違う)

オルキスが目を逸らした。

(――俺が無理をさせたから)

「……あの、オルキス様」

アイリーンは、オルキスの手を握り返して、口調を和らげた。

「本当に、今までの疲れが、出ただけです……ずっと、式の準備で、忙しかったですし」

「……」

「オルキス様？」

「……メイドを、呼んでくる」

オルキスがアイリーンの手を離し、足早に部屋を出て行く。

彼との距離が離れると、あの声も聞こえなくなってしまった。


アイリーンが体調を崩したため、その日は宮殿の部屋を借りたまま、休ませてもらった。

特別休暇をもらっていたオルキスも、側に付き添ってくれていたが、アイリーンの身の回りの世話はメイドに任せ、カウチに腰かけてずっと考え事をしていた。

ベッドで横になっているアイリーンの耳には、オルキスが何を考えているのかは、聞こえてこなかった。

どうやら、近くに居ないと、心の声は聞こえないらしい。

そして、その夜。オルキスはカウチで寝ると言い張り、薬師が処方してくれた薬が効いてうとうとしているアイリーンを、ベッドに腰かけて眺めていた。

アイリーンは、重たい瞼を必死に持ち上げて、オルキスに話しかける。

「……お気に、病まないでください」

「……」

「あなたのせいでは、ないのです」

「……ああ」

(――いや、俺のせいだ)

オルキスが、きっぱりと心の中で答えている。

アイリーンは言葉を返そうとしたが、眠くて仕方がなく、頭も働かなくて瞼を下ろした。

すると、優しく髪を撫でられる。

(――ゆっくり、お休み)

アイリーンは微笑し、オルキスに見守られながら、夢の世界へと旅立った。

◇

一夜が明け、たっぷりと寝て回復したアイリーンは、一室を貸してくれた国王にお礼の挨拶をした後、フォーサイス家の屋敷へ向かった。

貴族の屋敷が並ぶ街の一角に、アイリーンが暮らす事となるフォーサイス家の屋敷は建っていた。エルシュタット家の屋敷も遠くはないため、母と兄にも気軽に会いに行ける距離だ。

オルキスの両親は、普段は田舎《いなか》の別邸で生活をしているため、結婚式が終わると早々に田舎へと帰ってしまっていた。

だから、屋敷で暮らすのは、アイリーンとオルキスの二人だけだった。

残念ながら、多忙なオルキスは結婚式の翌々日から出勤しなくてはならなかったが、気を遣った母が屋敷まで訪ねてきてくれたので、寂しくはなかった。

母やメイドの手を借りて荷物の整理をしていると、あっという間に結婚式から二週間ほど経過し、アイリーンも屋敷の生活に慣れていった。

アイリーンのために、屋敷にはピアノも用意されており、好きなだけ弾く事ができた。

屋敷の使用人達とも既に顔を合わせており、アイリーンに好意的で過ごしやすかった。

しかし、一つだけ、アイリーンには気がかりな点があった。

新婚生活で、何よりも重要である、夫との関係である。

「おかえりなさい。オルキス様」

「ああ」

毎日、アイリーンは玄関先でオルキスを出迎えた。

一方、日が暮れた頃に騎士の姿で帰宅するオルキスは、にこやかなアイリーンを一瞥し、短く返事をするだけ。食事の席でも会話は弾まない。重苦しい沈黙が落ちる。

結婚して以来、オルキスは今まで以上に無口になって、余計に話がしづらくなっていた。

何よりも、初夜以降、オルキスはアイリーンとベッドを共にしなくなった。

お互いの部屋で就寝し、何事もなかったように朝、リビングで顔を合わせて挨拶をする。

いくら何でも、新婚夫婦でこの状況は、おかしい。

だからといって、相談の内容が夫婦の夜の問題だったので、相談できそうな相手も思い付かなかった。

例の丸薬を口にすれば、オルキスが何を考えてそんな態度を取るようになったのか、分かるのだろうが、アイリーンは飲まないように我慢していた。

意図《いと》的に飲んでみて、丸薬について、はっきりとした事は二つ。

一つ目。効果は、やはり一週間だという事。日にちが経つにつれて、効果は格段に薄れていき、七日目には、ほとんど声が聞こえなくなる。

二つ目。身体が触れ合うほど近い距離に居なければ、オルキスの声は聞こえない。

二つの条件が判明したが、効果について分からない点もある。

どうして、オルキスの声だけ聞こえるのか。他の人の声は、全く聞こえないのに。

そして、このような不思議な力を持つ丸薬を飲んでも、副作用はないのか。今のところは体調に異変が無く、マヌエルも特には言っていなかったので大丈夫だとは思うのだが。

それらを考慮し、アイリーンは今後も、できれば飲まないでいようと決めていた。

オルキスの声が聞こえると、安心できる。愛らしいと褒められるのも悪い気はしない。

だが、人の心を盗み聞きするのは、褒められた行為ではない。そもそも、非現実的な現象であるし、丸薬にも限りがある。

オルキスの思いがけない本音がたくさん聞けたけれども、一時の誘惑に負けて一粒飲んでしまった事実を、アイリーンは深く悔いている。

逆の立場を考えてみれば、アイリーンが後悔している理由は、より、はっきりとした。

たとえば自分の心が、知らない内に他人に筒抜けになっていたら、とても気分が悪い。

だからこそ、不思議な力を過信し、依存するべきではないのだ。

アイリーンは、私室で小瓶の中身を見つめながら、深い溜息を吐く。

「そうはいっても……本当に、オルキス様は何を考えているのか分からないわ。それこそ、不思議な薬でも飲まない限りは」

他人の思考が、分からないのは当然なのだが、オルキスの場合はまた、特別だ。

口数が極端に少なく、表情が乏しく、傍目にも感情の起伏が少ないとなれば、どこで彼の機嫌の良し悪しを判断し、夫婦として距離を縮めたらいいいかも、分からないではないか。

アイリーンは小瓶を振る。ころころと、丸薬が軽やかな音を立てた。

「……まだ、あの夜の一件を、自分のせいだと思っていらっしゃるのかしら」

婚礼の翌朝、アイリーンが体調を崩したのは、オルキスが無理を強いたからだと。

それで、アイリーンとベッドを共にしないのだろうか。

オルキスに、激しく求められた初夜の記憶が蘇り、頬を染めたアイリーンは、物憂げに息を吐き出した。

「それを聞いたところで、ちゃんと答えてくださるかどうかも、分からないけれど」

何でもない。その一言で、片付けられてしまいそうな気がする。

アイリーンは小瓶を握り締めて、前途多難な夫婦生活を想像し、項垂れた。

侯爵家の令嬢に生まれたからには相手を選べないが、どうせ誰かと結婚するなら、その人と幸せな家庭を作りたい。

素朴《そぼく》でささやかな願いが叶えられるかどうかは、夫のオルキスに懸かっている。

とにかく今夜、オルキスが帰宅したら、今後の件についてしっかりと話をしてみよう。

アイリーンは心が折れそうになる自分を奮《ふる》い立たせ、丸薬の小瓶をドレッサーの引き出しにしまいこんだ。

第三章　騎士団長の嫉妬

夕食の後、寝支度を整えたアイリーンは、勇気を出してオルキスの部屋のドアをノックした。

「オルキス様。まだ起きていらっしゃいますか？」

返答はなかったが、足音が近付いてきて、内側から扉が開く。

湯浴みの後なのか、寝間着のシャツにガウンを羽織ったオルキスが、立っていた。

「どうした」

「実は、お話があるのです。お部屋に入っても、よろしいですか？」

オルキスが頷いたのを見て取り、アイリーンは彼の私室へと、初めて足を踏み入れる。

室内は、オルキスの堅実さを表すかのように、ひどく質素で殺風景だった。

生活に必要な家具と、大きなベッド。黒い羽毛の絨毯に、窓にはグレーの遮光《しゃこう》カーテン。

国の紋章が彫られた剣と矛、そして盾が、壁に飾られている。それだけが、オルキスが唯一所持し、収集している趣味の品に見えた。

部屋を見回していたアイリーンの背を、オルキスが軽く押す。そして、部屋の中央に置かれたカウチへと導き、座らせた。

オルキスが、隣に腰を下ろしてくる。それきり、前を向いて動かなくなった。

部屋に、静寂が落ちる。

興味津々で室内を見回していたアイリーンは、オルキスが言葉を待っているのだと遅ればせながら気付き、口火を切った。

「オルキス様。あなたに、お願いがあるのです」

「……何だ」

「私達は、結婚して夫婦になりましたよね」

「ああ」

「それで、夫婦として一緒に暮らしています。でも、ほとんど会話をしていません」

「……」

「オルキス様のお仕事が、お忙しいのは分かっています。ただ、夕食は毎日一緒にとっているでしょう。その時に、少しでもいいので、あなたとお話がしたいのです」

慎重に言葉を選びながら、アイリーンは、もっと会話をしようと申し出た。

夫婦の愛情や絆。そういったものを育む前に、二人の間には圧倒的に会話が足りていなかった。

心の内を全てさらせと、言いたいわけではない。

アイリーンは、他愛ない毎日の出来事を語り、これからの話をしたいだけなのだ。

「……」

「オルキス様。聞いておられます?」

反応がなく、アイリーンが不安を覚えていると、オルキスが小さな溜息を吐いた。

「善処する」

たった、一言だった。

素っ気ない対応に、アイリーンの不安は、ますます膨れ上がる。

「あの、オルキス様」

アイリーンは、自分から手を伸ばした。オルキスの膝に置かれている大きな手に、自分の両手を重ねる。

ぴくり、とオルキスの肩が揺れた。

「もう一つ、お聞きしたい事があるのです。どうして、オルキス様は私に……」

あの夜以来、触れないのか。

アイリーンは喉元まで出かかった質問を、最後まで言えなかった。抱き合った時の記憶が蘇ってきたからである。

　情熱的に抱き締められ、強引に身体を開かされた一夜。オルキスが身の内に隠していた激しい衝動を、アイリーンはその身で受け止めたのだ。

　荒い息遣いや、腰を揺さぶられる感覚まで思い出してしまい、顔が羞恥で火照っていく。

　アイリーンが口を開けたり閉じたりしていたら、オルキスが横目で見てきた。細められた瞳で、彼女が百面相をしている様子を窺っている。

「……アイリーン」

「はいっ」

「話は終わりか」

「い、いえ……まだです。あなたに聞きたい事というのは、初めての夜の……」

「もう、夜も更けた」

　突然、顔を背けたオルキスが、よそよそしい口調でアイリーンを遮った。

「そろそろ、部屋へ戻れ」

「……」

　もしも、今ここでオルキスの心の声が聞けたのなら、彼が何を考えているのか分かるのに。

　アイリーンは、会話の途中で帰れと言われた事実に、少なからずショックを受けていた。

これでもアイリーンは、オルキスと距離を縮めようと努力しているつもりだった。

オルキスが抱いてくれている好意や情熱的な面を、彼女は耳で聞き、肌で体感した。

だから、初めて抱き合った夜のように、アイリーンも精一杯オルキスを受け入れて、想いを返したいと思っていたのだ。

オルキスが立ち上がり、アイリーンの手を引いて立たせる。あくまで紳士的に、彼女を扉まで連れて行く。

だが、その丁寧すぎる態度がまた、アイリーンの不安を駆り立てた。

彼女を暴きたいと切望する、乱暴で荒々しく、情熱的なオルキスの顔を知ってしまったからこそ、この対応が、とても他人行儀なものに思えてならなかったのである。

アイリーンは扉の前で足を踏ん張り、声を絞り出した。

「オルキス様は一体、何を考えていらっしゃるの？」

「……」

「私には、あなたが何を考えているのか、分かりません」

「……アイリーン？」

「あなたと話をして、距離を縮めたくても……あなたが心を閉ざして、私との会話を望んでくれなかったら、私にはどうする事もできないのです！」

とうとう、アイリーンは、震える声を張り上げていた。

オルキスに会話を中断させられ、部屋から追い出される。その事実だけでも、突き放されたような気がして、胸が苦しくて堪らなかった。

温厚でにこやかなアイリーンが、癇癪《かんしゃく》を起こしたのに、よほど驚いたのだろう。オルキスが瞠目《どうもく》し、アイリーンを落ち着かせようと手を握ってくるが、彼女はそれを振り払い、口を尖らせながら彼を見上げた。

ここで走り去ってもよかったのだが、そうすると喧嘩に発展し、ただでさえ寡黙なオルキスとの会話の機会はより一層、減ってしまう。

憤慨《ふんがい》してはいたものの、それが分かる程度には、アイリーンの頭は働いていた。

「……声を荒らげて、すみませんでした」

「いや……」

「私はただ、オルキス様と距離を縮めたいだけです。……お話ししたい、だけなのです」

オルキスの静かな眼差しを受け、一瞬で燃え上がった憤《いきどお》りの炎が、急に萎《しぼ》んでいく。

アイリーンは、自分の言い分が段々と子供じみたものに思えてきて、声も徐々に小さくなり、最終的に俯いてしまった。

しばし、鉛のような沈黙が流れた後、ふと、アイリーンは頬に冷たい感触を覚えた。

オルキスの指が、アイリーンの頬に触れている。顎に添えられ、上を向かせられた。

「オルキス、様……」

アイリーンが名を呼び終える前に、身を折ったオルキスの顔が近付き、唇が重なり合う。

オルキスの唇の感触を、アイリーンは既に覚えていた。表面を優しく食《は》まれただけで、彼女の胸が、また、軽やかな音を立てた。

アイリーンは背伸びをして、オルキスの首に抱きつく。覚えたてのキスに、心地よささえ覚えながら、次第に濃密になっていく触れ合いを歓迎した。

オルキスが、アイリーンをきつく抱きすくめて、顔の角度を変える。

「んっ……はぁ……」

オルキスに誘われるまま、不慣れな動きで舌を絡めていた時、するりと、臀部《でんぶ》にオルキスの手が這わされた。薄いネグリジェ越しに、柔らかい臀部から腰にかけて撫でられ、キスに酔いしれていたアイリーンは、目を丸くする。

「……あ……」

初夜の触れ合いを思い起こさせる、オルキスの触れ方。彼は瞼を閉じ、アイリーンに絶えず口づけながら、もどかしげに肌に触れている。

足の間へと、オルキスの膝が割り込んできた。後ろに倒れそうになるのを、太い腕がしっかりと抱き留める。

「あぁ……オルキス、さま」

アイリーンの全身に、甘い痺れが、さざ波のように広がっていった。

しかし、その時、オルキスが両目を開けた。

「っ……！」

彼は鋭く息を呑み、唇を離す。アイリーンの身体に触れていた手も、引っ込めた。

腰が抜けたアイリーンは、ずるずると、その場に座り込む。

「はぁっ……はぁ……」

大きく息を吸い、キスで足りなくなっていた酸素を補充していたら、顔を背けて立ちすくんでいたオルキスが、ゆっくりと片膝を突いた。視線を合わせないようにしながら、アイリーンを軽々と腕に抱き上げて、部屋を出る。

「……どちらへ？」

オルキスは唇を真一文字に引き結んで、答えなかった。

ほどなく、到着したのは、アイリーンの私室。

オルキスは彼女をベッドへと運び、横たえる。そして、小さな声で囁いた。

「……悪かった」

「え？」

「今日は、もう寝なさい」

もう寝ろ、と、いつものぶっきらぼうな言い方ではなく、オルキスの口調は少し柔らかいものになっていたが、呆然とするアイリーンに毛布を被せると、一連の出来事の説明もせず、足早に部屋を出て行ってしまった。

「な、何だったの、かしら……」

いきなり、キスをされて襲われかけ、いきなり、終わった。

アイリーンは、オルキスの感触が残る唇を指でなぞる。

胸に手を当てると、心臓はいつもより軽やかに拍を鳴らしていた。

アイリーンは両目を閉じ、熱が籠もった肌に毛布を巻きつけて、丸まった。

あのまま抱いてくれてもよかったのにと、心の中で呟き、アイリーンは泣きそうになる顔を枕に押し付ける。

どうして、予告もなく口づけをし、自分で始めたくせに、勝手に途中でやめたの？

やはり、アイリーンには理解できなかった。

◇

直談判をしたお陰か、オルキスなりに考慮してくれたらしく、夕食の席で、今までよりは話をしてくれるようになった。

いくらか相槌の数が増えたくらいで相変わらず会話は弾まないが、大きな前進だとアイリーンは前向きに捉えていたものの、オルキスとの夜の夫婦生活に関しては、状況は変わらないままであった。

もしや、オルキスのアイリーンに対する好意が薄れてしまったのではないかと、そう疑い始める始末であり、色々と悩んだ結果、アイリーンはとある日の午後、エルシュタット家を訪れていた。

訪問の目的は、次兄のヴィクターに話を聞くためだった。

「お久しぶりです、ヴィクター兄様」

「うん。久しぶりだね、アイリーン。元気にしていたか？」

「はい。お兄様も、お元気でしたか？」

「見ての通り、元気いっぱいだよ。特に今日は、最愛の妹が俺に会いに来てくれるっていうから、朝から楽しみにしていたんだ」

非番だというヴィクターは、アイリーンを快く出迎えてくれた。

次兄と再会の抱擁を交わした後、二人は庭園の見えるテラスで、お茶を飲んだ。

「それで、団長との新婚生活は、どうなんだ？」

初っ端から、核心を突く質問が飛んできて、アイリーンは曖昧に微笑む。

「ええ……それが、ですね。早速ですが、ヴィクター兄様に聞きたい事があるのです」

「お？　どうした？」

「オルキス様の事です。職場では、どのような感じなのでしょう」

「そうだなぁ、とにかく真面目で、訓練の時は部下に容赦ない。俺も何度、叩きのめされたか分からないよ」

ヴィクターが、苦笑した。

「職務に関しては完璧だし、尊敬すべき人だと思うよ。愛想は無いけど、あれはあれで女性は男らしいと思うようだね」

「ヴィクター兄様はオルキス様と、どの程度、お話をされるのです？」

「はっきり言って、必要最低限の会話以外は、ほとんど話さないね。というか、団長は寡黙すぎる。話題を振っても、反応が返ってこないんだ」

やはり、職場でもそうなのだ。

「他に、聞きたい事は？」

「ヴィクター兄様に限らず、誰に対しても、オルキス様は口数が少ないのでしょうか」

「俺が見る限りだと、部下に対しては、俺の時と態度が同じだね。まぁ、国王陛下や宰相殿の前では、それなりに話をするだろうな。それが、あの人の仕事の一つだから」

「なるほど」

アイリーンが納得していると、ヴィクターが頬杖を突き、にやにやし始めた。

「可愛い妹は、団長と喧嘩でもしたのかな～」

「していません。どうして、そう思ったのですか？」

「俺にわざわざ会いに来て、団長の話を聞かせろって言うくらいだから、あの人と何かあったんじゃないかって考えるのは当然だろ」

「本当に、喧嘩はしていません」

「喧嘩、は？」

「……」

「アイリーン」

ヴィクターが大袈裟《おおげさ》に額へと手を当て、悩むポーズを取った。

「お兄ちゃんができる事なら、妹の助けになってやりたいな」

そんな事を言って、どうせまた、からかうネタにするつもりなのだろう。

次兄の思考が手に取るように分かり、アイリーンは頭《かぶり》を振った。

後でからかわれるという弊害があったとしても、こういった話を、家族内で最も相談しやすいのは、次兄のヴィクターである。

「たいした事では、ないのですが」

「構わないよ。言ってみな」

「オルキス様との関係で、ちょっとした悩みがあります。夫婦生活をする上で、会話は必要なものだと思うのですが、お忙しいお方ですし、なかなか話がうまくできなくて」

アイリーンは、ここ最近、胸の内にしまっていた悩みを次兄に吐露した。

「オルキス様を、もっと知りたいと思うのに、向こうから壁を作られている気がして、夫婦として生活する自信が、なくなってきているのです」

「……そうなるかもしれないと、予想はしていたけどね。あの人、とことん不器用だな」

「あの人とは、オルキス様の事ですか？」

「そうだよ」

ヴィクターが目線を横に逸らし、口元を歪《ゆが》めた。快活な兄にしては珍しい、渋面だった。

「とにかく、団長は言葉が足りないね。何でもかんでも話をすればいいというわけじゃないが、喋らないのも考えものだ。言葉足らずは、時に相手を不安にさせる」

「……」

「ん？　俺の顔に何か付いているか、アイリーン？」

「お兄様が真面目な話をしているところを、初めて見ました」

「俺を何だと思っているんだ」

ヴィクターがわざとらしくアイリーンを睨み付けてから、紅茶を一口、含む。

「まぁでも、お前と団長は夫婦になったから、相手を知りたいと思うのなら、夫婦としての時間に話をすればいい。何しろ、新婚だしな。夜は長いから、共に過ごす時間は、たっぷりあるはずだ」

ちらり、と意味深な視線を送られて、何を揶揄《やゆ》されているのかを察したアイリーンは、瞬時に赤面した。

「純情なところは変わっていないようで、お兄ちゃんは安心したよ。アイリーン」

「お兄様。からかうのは、おやめください」

「からかっているわけじゃないさ。夫婦や恋人の間で、わだかまりを失くすための話し合いに最適なのは夜だよ。互いを知り、素直になれる」

「っ……」

「おっと。ご令嬢の前で、この話題はよくなかったかな。ごめん」

「……あの」

「うん?」

「それが……できないのです」

羞恥で、首まで真っ赤になったアイリーンは、なけなしの勇気を振り絞り、言いづらかった胸の痞《つか》えを兄に吐き出す。

一瞬、ヴィクターが笑顔で固まった。

まじまじと顔を凝視されて、アイリーンは息ができなくなった。

「おい、アイリーン。さすがに冗談だよな?」

「……」

「まさか、本当なのか?」

「……はい」

「悪い……話しづらい事を、言わせたな」

「いえ、私こそ。誰に相談したらいいか分からなくて」

「そりゃ、そうだよなぁ。それが本当だったら、団長と話す機会もないはずだ」

ヴィクターも、妹の口から衝撃の事実を聞き、さすがに驚いているらしい。

しばらく、気まずい沈黙が流れた。

まさか、夫との夜の生活に関して、次兄に相談する事になろうとは、結婚前のアイリーンなら考えもしなかっただろう。

ヴィクターが自分を落ち着かせるように、また一口、紅茶を飲んだ。

「そこら辺の事情は分からないし、俺が介入するべき事ではないと思うから、夫婦でしっかりと話し合うべきだ。結婚前だって、あの堅物の団長が、休みのたびに会いに来ていただろう。少なからず好意はあるって事だろうし、興味だってあるだろうさ。だから、今の状況には、何かしら事情があるとは思うよ」

「私とて、その事情を聞きたいのです。だからこそ、話し合いをしたいのですが……」

「会話をしようにも団長は忙しいし、話をする機会も少なくて、話題も切り出しづらい」

「その通りです」

「うーん」

ヴィクターが顎に手を当て、考え込む仕草をする。口を噤んでいれば、次兄は美形の貴公子なのだが、口が達者で社交的すぎるのが玉《たま》に瑕《きず》だと、アイリーンは常々思っている。

何かを思い付いたのか、ヴィクターが口角を持ち上げ、アイリーンにウインクしてきた。

「いい事を思い付いたよ、アイリーン」

「何でしょう?」

「団長を、もっと知りたいんだろう。それなら、まずは偵察をしてみたらどうかな。俺の口から聞くんじゃなくて、団長が騎士として働いているところを、自分の目で見て確かめるんだよ」

「つまり、お仕事を見学させてもらうという事ですか?」

「そうそう。騎士団長として働いている姿を知れば、話題も増えるだろう。待つだけじゃなくて、自分から積極的に動いて、団長を知るところから始めてみよう」

アイリーンは、ヴィクターの提案に感心した。一理ある。

「会話が弾まないのは、団長の性格にも問題がありそうだから、まずはできるところから、歩み寄ってみるんだ。そうやって距離を縮めていけば、聞きたい事も聞けるようになるさ」

「そうですね、おっしゃる通りかもしれません」

「素直でよろしい。まぁ、団長が素直に自分の気持ちを言葉で伝えてくれたら、それで全てが解決するんだけどな」

オルキスの素直な気持ち。

アイリーンは、冷めた紅茶のカップを口元へ持っていく。

彼女の脳裏には、あの丸薬が過ぎっていた。あれを飲めば、オルキスの声が聞こえて、どうしてアイリーンと距離を置いているのか、知る事ができるかもしれない。

誘惑に、心が揺れていた。紅茶を舌の上で転がして味わい、考え込んでいたら、ヴィクターがくすりと笑った。

「それに、団長の凛々しい姿を見たら、余計に惚れ直すかもしれないしな」

「惚れ直す?」

「そうだよ。団長は、男の俺でも憧れる存在だからね」

アイリーンは胸に手を当てた。惚れ直すという言葉を、頭の中で繰り返す。

結婚してから、アイリーンはオルキスの事ばかり考えて、悩んでいた。

時間さえあれば、もっと話がしてみたいし、彼の事を知りたい。

オルキスが心の中で囁いてくれた、たくさんの『美しい』『愛らしい』という賛辞を思い返すと、嬉しくて顔が火照る。不意打ちで彼に抱き締められ、キスをされるたびに、嫌だと思うどころか身体が熱くなり、鼓動はとくとくと早鐘を打った。

一方、素っ気ない態度を取られると、胸が苦しくて締め付けられる。

これが憧憬とは違う感情だとは、アイリーンとて、薄らと気付いていた。

「じゃあ、とりあえず、俺が兵舎を案内するよ。二日後はどう？」

「はい。大丈夫です」

「あ、ちなみに、団長には内緒だぞ」

「どういう事ですか。お仕事をされているところを、見せて頂くのでしょう？」

「そうだよ」

「……ヴィクター兄様。まさか、また何か企んでいらっしゃるの？」

アイリーンは胡乱《うろん》な目線を向けるが、次兄は楽しそうに笑っただけだった。


モントール王国騎士団の兵舎と訓練場は、有事の際にはすぐ出撃できるようにと、政務を執り行なう宮殿の裏手に位置する。

騎士団長のオルキスや、直属の部下のヴィクターといった上の地位の騎士以外は、普段は兵舎で寝泊まりをしていた。

兵舎の中には騎士団長の執務室や会議室もあり、作戦会議や職務の報告会は、そこで行なわれているらしい。

ヴィクターに相談した日から、二日後。

アイリーンは兄の指示通り、質素な白いモスリンのドレスに身を包み、目立たないように肩には薄手のショールを羽織って、兵舎を訪れていた。

アイリーンは、ドレスのポケットに触れる。あの丸薬の小瓶も、持ってきてしまった。使う機会はないと思うが、オルキスに見つかって万が一にも使いたくなったら、最後に一回だけでも……と、誘惑に負けてしまったのである。持ってきてはいるが、もちろん、前もって飲んではいないし、何事もなく終わればいいだけの話だ。

馬車から降りると、兵舎の入口ではヴィクターが待っており、挨拶もそぞろにアイリーンの姿を上から下まで眺めて満足げに頷く。

「上出来だね、アイリーン。目立たないから、すぐには団長に気付かれないだろう」

「ヴィクター兄様。本当に、オルキス様には内緒で兵舎に入るのですか？」

「もちろんだ。アイリーンが来るなんて知ったら、兵舎が大騒ぎになるよ。団長の美しい奥方様を一目見ようと、騎士達が群がってくるに違いない」

「……やっぱり、やめたほうがいいのでは？　オルキス様に知られたら、叱られるかもしれません。とても心配です」

「知られないように、こっそり見て、こっそり帰ればいいだけさ。大丈夫。ちゃんと、俺がついているからね」

「……」

この時、アイリーンは、未だかつてない不安を覚えた。

にこにこしながら親指を立てているヴィクターを見て、大丈夫ではない気がする、と心の中で呟くけれども、すっかり乗り気な兄は、アイリーンの手を取って、さっさと兵舎の門をくぐってしまう。付き添いで連れてきたメイドと馬車は、ヴィクターが居るからという事で、一足先に帰ってもらった。

兵舎に一歩、足を踏み入れた途端、アイリーンは言葉を失った。

煉瓦《れんが》造りの大きな兵舎と訓練場から聞こえる勇ましい騎士達の声。行き交う男達は皆、簡易的な銀の甲冑を身に纏い、忙しく歩き回っていた。

騎士の仕事は宮殿の警護、街の見回り、要所の関門や国境付近の砦《とりで》の警備など様々だが、どれも交代制で、職務に就《つ》いていない者は大抵が訓練場で鍛錬《たんれん》を行なっている。

騎士団長は、その名の通り数多《あまた》の騎士の中で最も地位が高く、王都に常駐し、有事の際には騎士団の総指揮を執るのだ。

つい数か月前にも国境付近で隣国と諍いが起こり、オルキスが指揮に当たったそうだ。その際には見事な采配で、被害を最小限に留めて侵攻しようとしていた隣国の軍隊を追い払い、凱旋したのである。

凱旋パレードでは、オルキスと共に砦へ行軍していたヴィクターも参加するという事で、アイリーンは母と連れ立ち、兄を出迎えるためにパレードを観に行った。

その時に、騎士団の先頭を黒馬に跨《また》がって歩いていたのが、オルキスであった。

逞しい体軀に銀色の甲冑を鎧《よろ》い、腰には大きな剣を提げ、しっかりと正面を見据えて馬の背に揺られていた騎士団長の姿は、今も目に焼き付いている。

オルキスに憧れる若い女性の甲高い悲鳴も聞こえていたが、アイリーンの耳には届いていなかった。目の前を通っていくオルキスに目を奪われ、その姿が宮殿に消えて見えなくなるまで、見送っていた記憶がある。

「アイリーン。こっちだ」

ヴィクターに手を引かれ、兵舎を見回していたアイリーンは歩き出す。

男くさい兵舎に女性の来客は珍しいらしく、たびたび視線を感じたけれども、訓練場に近付くにつれて、アイリーンは視線が気にならなくなった。

大きな訓練場では、騎士達が抜き身の剣をかち合わせて訓練している。そこらじゅうから甲高い剣戟の音が聞こえ、野太い声が響き渡っていた。

「さぁ、ここに隠れるんだ」

アイリーンは、訓練場の横に設置されている、人けがない武器庫の陰に連れて行かれる。そこの物陰から訓練場を覗くように言われ、身を乗り出した。

「ほら、訓練場の隅の一角だけ、騎士達がスペースを空けているだろう。あそこで、体格のいい騎士と対峙しているのが、団長だ」

アイリーンは目を凝らし、ヴィクターが指で示す先を、食い入るように見つめる。

とても恰幅がよく、見るからに筋骨隆々の騎士が剣を構えて立っていた。

その正面で、片手に剣を提げて対峙しているのが騎士団長のオルキスだった。胸元と二の腕を覆う簡素な甲冑を纏い、剣を突き付けられても、ぴくりとも動かず佇んでいる。

「オルキス様は、剣を構えていませんね」

「あれが、団長の戦闘スタイルだよ。ほら、よーく団長を見ていて」

アイリーンは、オルキスの動きに集中した。

先に動いたのは、相手の騎士だった。じり、と足を肩幅に開き、両手で構えた剣を素早く振り上げ、オルキスに斬りかかる。鋭い剣の切っ先が、オルキスに刺さりそうになり、アイリーンが思わず悲鳴を飲みこんだ時であった。

オルキスが目にも留まらぬ速さで、斜め下から剣を斬り上げた。鼻先に迫っていた剣を受け止め、力任せに押し斬ろうとする相手を難なく押し戻し、両手でしっかりと柄を握る。

その直後、オルキスが素早く手首を捻り、剣先を斜めに滑らせながら斬り上げて、相手の剣を易々と弾き飛ばした。

まさしく、勝敗は一瞬だったが、剣の動きがあまりにも速すぎて、アイリーンは目で追えなかった。

オルキスは、勢い余って尻餅を突く相手の騎士に手を貸し、立たせている。剣を片手で振りながら、何か話しかけていた。

「執務の合間に手が空くと、こうして訓練場に足を運んで指導しているんだ。何が悪かったのか、どう対処すればいいのか。説明は短いけど、すごく分かりやすい」

ヴィクターが話している間に、今度は別の騎士が、オルキスに訓練をつけてもらうために名乗りを上げる。またしても、手合わせが始まった。

アイリーンはオルキスの一挙一動を、見逃すまいと気を付けながら感嘆の声を漏らす。

「すごいです」

「そうだよ、アイリーン。お前の夫になった人は、すごい人だ」

アイリーンは物陰から身を乗り出して背伸びをし、部下に慕われ、立派な騎士団長を務めているオルキスに見惚れた。

男の自分でさえ憧れている。以前、次兄がそう言っていた理由が、よく理解できた。

オルキスはなんて勇ましく、頼りがいのある人なのだろう。

もはや恒例のように、アイリーンの胸の鼓動が早鐘を打ち始めた時、どこからかヴィクターを呼ぶ声が聞こえてきた。

「おい！　見つけたぞ、ヴィクター！　お前、こんなところに居たのか！　仕事を放り出して何をしているんだよ！」

「あ、まずいぞ。見つかったな」

「もしかして、お仕事を勝手に抜けて来られたのですか？　てっきり、今日は非番なのかと思っていました」

　ヴィクターを探していたのか、若い騎士が険しい顔で駆け寄ってくる。

　アイリーンは呆れた表情で、困ったように頭を掻いている兄を見上げた。

「今日という今日は、逃がさないからな。午後からは、街の見回り役だろう。巡回ルートを確認するから、来てくれ」

「やぁ、キール。すぐに行くから、ちょっと待ってくれるか？」

「今すぐ来てくれ。じゃないと、団長に言いつけるぞ」

　キールと呼ばれた騎士が腕組みをし、そこで、ヴィクターの背中に隠れるようにして立っているアイリーンの姿に気付いた。

「ヴィクター。その女性は一体、誰だ？　……まさかとは思うが、勝手に兵舎へ連れ込んでいないだろうな。兵舎に女性を入れるのなら、団長の許可が必要だぞ」

「ああ、彼女は、そのー」

「待てよ。どこかで、見た事のある顔だな」

　ヴィクターがアイリーンを身体で隠し、必死に誤魔化そうとしているが、早足で近付いてきたキールが、アイリーンの顔を覗き込んでくる。

　すぐそこで目が合い、アイリーンは睫毛《まつげ》に縁どられた瞳を瞬かせると、咄嗟に愛想笑いを浮かべた。

整った顔立ちに浮かぶ、愛らしい微笑を見た瞬間、キールが勢いよく後ろに飛びのく。

「お、おいっ、ヴィクター。団長の結婚式に参列した時、この方を見た事があるぞ。まさか、この女性はっ……」

「キール。それはたぶん、別人だと思うぞ」

「とぼけるな！　どこからどう見たって、お前と同じ顔立ちだ。妹さんだろう！」

「あー。うーん。他人の空似って可能性も、なくはないと……」

「祝いの言葉を述べさせてもらった時に、この目で顔を見たんだ。見間違えるはずがない。大体、これだけお前と似ていて、他人の空似は、ありえないだろう！」

ヴィクターが、言葉を濁して目線を泳がせている。

兄の誤魔化し方があまりにも下手すぎて、アイリーンは頭を抱えそうになった。

「という事は、エルシュタット侯爵家のご令嬢で……団長の、奥方様じゃないか！」

ヴィクターの下手すぎるとぼけ方を見て答えを得たのか、キールが居住まいを正し、素早くアイリーンの前で片膝を突いた。恭しく胸に手を当てて、目上の女性であるアイリーンの手の甲に口づけると、騎士の口上で挨拶をする。

「私の名は、キール・カラストスと申します。お目にかかれて光栄です、奥方様。いつも、団長には、大変お世話になっております。どうか以後、お見知りおきを」

カラストスという家名の伯爵家がある。おそらく、そこの子息なのだろう。

結婚式に出席しており、兄と似ている顔立ちを指摘されてしまえば、もはや誤魔化しは利かない。

アイリーンは、ごめんと小声で囁いてくるヴィクターに苦笑を向けると、跪《ひざまず》いている騎士を見下ろした。

「アイリーン・フォーサイスです。いつも、オルキス様……いえ、夫が、お世話になっております。こちらこそ、よろしくお願いしますね」

せめて、オルキスには恥をかかせないようにと、アイリーンは妻として凛とした挨拶をする。

にこやかなアイリーンを見つめ、キールが感動したように頬を染めると、勢いよく立ち上がった。

「皆にも、知らせてやらないと。団長の奥方様が来ていると知ったら、こぞって挨拶したがるに違いない」

「キール。ちょっと待っ……」

ヴィクターが止める暇もなく、キールが走ってどこかへ行ってしまう。

アイリーンはそれを呆然と見送り、項垂れているヴィクターを指でつついた。

「まずい……キールのせいで、状況は悪化の一途を辿っている」

「ヴィクター兄様。一体、どうするのですか。これでは、オルキス様の耳に入るのは時間の問題です」

「どうしたものか。今から逃げたところで、遅い気がする」

「ですが、このままでは……」

「だってほら、あれを見ろよ。アイリーン」

ヴィクターが指差した先に顔を向けると、キールに連れられて、何人かの騎士が走ってくるところだった。

息を切らして戻ってきたキールがヴィクターを押しのけ、アイリーンの前に膝を突く。それを皮切りにして、若い騎士達がアイリーンを囲むようにして跪き、一人ずつ騎士道に則った挨拶が始まってしまう。

アイリーンは困惑し、救いを求めるように傍らの兄に目線を向けた。

「ヴィクター兄様」

「状況が悪すぎる。アイリーンを勝手に連れてきたと団長に知られたら、俺の首が飛ぶかもしれない」

「……そうだな」

その場の空気が凍るような、重低音の声が響き渡った。

アイリーンは背筋を伸ばして、おそるおそる、声が聞こえたほうに顔を向ける。

騒ぎを聞きつけたようで、訓練場で手合わせをしていたはずのオルキスが、鞘《さや》に納めた剣を片手に立っていた。

「どういう事だ。ヴィクター」

表情はいつもと変わりないが、感情を押し殺した声からは、明確な怒りが伝わってくる。

アイリーンの周りで跪いていた騎士達が一斉に緊張した。ヴィクターも例外ではない。

ヴィクターが返答に窮《きゅう》していると、オルキスの目線がアイリーンへと移る。

「アイリーン」

「……はい」

「何故、ここに居る」

「それは……」

「兵舎に女性を入れる際は、俺の許可が要る。俺は許可を出した覚えが、ない」

アイリーンが、オルキスの怒りを目の当たりにしたのは、これが初めてであった。

ヴィクターが何と答えるべきかと迷っている。それを横目で確認し、アイリーンは深く息を吸った。

「……私が兄に、わがままを言ったのです」

「君が?」

「はい。どうしても、オルキス様がお仕事されている姿を拝見したくて」

「……」

「ですから、兄に非はありません。休憩の合間に私を連れてきてくださったのです。訓練されているオルキス様を見た後で、ご挨拶に伺おうと思っていました」

ヴィクターが息を呑んだ気配があった。

オルキスが、挨拶をするためにアイリーンの手を握ったまま、恭しく膝を突いている若い騎士へと視線を向けた。

刹那、オルキスの口端がぴくりと引き攣ったように見えたが、ほんの一瞬で消える。

「オルキス様？」

「……」

オルキスは困惑の声を上げるアイリーンの腕を引っ張り、その場から連れ出した。兵舎の建物の中に入っていく。すれ違う騎士達は、オルキスが女性の、しかも美しい奥方の手を引いて執務室へと向かう姿を見かけると、驚いて立ち止まっていた。

執務室に連れ込まれたところで、摑まれていたアイリーンの腕は解放される。

オルキスに冷えた眼差しで見下ろされ、アイリーンは口内が渇いていくのを感じた。

「……本当に、申し訳ありませんでした」

「……」

「二度と、このような真似はしませんから……」

謝罪の途中でオルキスの手が伸びてきて、アイリーンの細い手首を握り締めてくる。

アイリーンは悲鳴を押し殺した。こんな時でもオルキスは表情を変えず、顔立ちが精巧に整っているからこそ、冷たく見えた。

「オ、オルキス様……怒って、いらっしゃるのですね」

「……」

問いかけを無言で聞き流したオルキスは、手に力を込めてくる。彼の憤りを示すように、握られた手首が、ぎしぎしと痛みを増していった。

確かに、兄の提案に乗り、許可なく兵舎に忍び込んだのはアイリーンの失態だ。

しかし、それだけで、ここまで怒るものだろうか。

オルキスの怒りの理由は、他にもあるのではないのか。

アイリーンが、訳も分からず身震いした時、にわかに廊下が騒がしくなった。

どうやら、アイリーンが来ているという話が広まり、騒ぎになっているようだ。

「……忌々《いまいま》しい」

小さく吐き捨てられた低い声に、アイリーンは肩を強張らせる。

外で騒いでいる者に対しての悪態。もしくは、アイリーンへの悪態の、どちらかだろう。

顔を顰めたオルキスが、扉を開け放って外へと出て行く。バタンと扉が閉まり、アイリーンは執務室に取り残された。

軽率な己の行動を、アイリーンは深く後悔していた。兵舎に足を踏み入れる前に、オルキスの許可を取ったほうがいいと、もっと強く兄に意見すべきだった。

部下の騎士達が一斉に緊張感を抱くほどに、オルキスの怒りは大きい。

先刻、オルキスがアイリーンに向けてきた目は、とても冷たかった。あんな目で睨《にら》まれるくらいなら、いっそ頭ごなしに叱られたほうが、気が楽だ。

アイリーンは指の痕が残る手首をさすってから、小瓶の入っているポケットに触れた。

オルキスを怒らせた経験が無いため、今からどんな叱責を受けるか、想像もつかない。

だが、この丸薬を飲めば、オルキスの心の声が聞こえる。兵舎の規律を破って忍び込んだ妻を、今どう思っているのか分かるだろうし、あそこまで怒る理由も判明するはずだ。

――何事も節度と限度がありますから、ご使用はほどほどに。

マヌエルの忠告が鮮明に蘇る。良心が必死に咎めてくるが、葛藤《かっとう》の末に、アイリーンは両手で小瓶を握り締め、震える指で蓋《ふた》を開けていた。丸薬を一粒、手の平に出す。

確か、このまま飲んでも平気だと、吟遊詩人は言っていた。

これで最後にするからと自分に言い聞かせながら、アイリーンは丸薬を口に含む。ごくりと飲みこんだ。

数分後。騒がしかった廊下が静かになり、オルキスが戻ってきた。

今か今かと、待っていたアイリーンは、オルキスが珍しく乱暴に扉を閉めたので、その場で小さく飛び上がる。彼はしっかりと、部屋に鍵までかけている。

妻を叱るために鍵までかける必要はあるのだろうかと、アイリーンが疑問に思ったのも束の間、足早に近付いてきたオルキスが、彼女を抱き寄せた。

(――本当に、忌々しい)

すぐに丸薬の効き目が出て、オルキスの心の声が聞こえた。

アイリーンの身体が持ち上がる。オルキスの肩に担がれて、向かった先は執務机だった。

机にすとんと降ろされ、ショールを引き剝がされる。

「机の上で、何をするのですか……?」

(――すぐに、分かる)

代わりに答えたオルキスの心の声は、怒りに満ちていた。

オルキスがアイリーンの首に顔を埋め、吸い付いてくる。

何をされそうになっているのか察したアイリーンは、机から降りようとしたが、ドレスの裾を捲《めく》られて、足を横に開かされる。逃げられないように、オルキスの腰が割り込んできた。

「お、おやめ、ください」

動揺するアイリーンのドレスに、オルキスが手をかけた。首元のリボンを解き、緩む襟元をシュミーズごと肩から引き下ろす。白い肌に、オルキスが舌を這わせてきた。

「あっ……」

（――苛立ちが収まらない）

オルキスがドレスの中に手を差し入れ、下着《ドロワーズ》の紐を緩めた。そして、更に内側の秘められた場所を、指で探ってくる。

（――若い騎士達に傅《かしず》かれ……触れさせたのか）

……若い騎士達？

オルキスは、空いている手で、戸惑うアイリーンの手首を捻り上げた。

（――己を抑え、俺は触れられずにいたというのに。この愛らしい手の甲に口づけまで）

忌々しそうな声が聞こえ、オルキスが手の甲に唇を押し付けてくる。

驚愕《きょうがく》に目を丸くするアイリーンの手首を解放し、オルキスはコルセットの紐を緩めて下ろす。コルセットの上に、乗るようにして現れた、ふくよかな乳房に吸い付いてきた。

アイリーンは頰を薔薇色に染め、衝動のままに襲いかかってくるオルキスの肩を、必死に押し返そうとする。だが、無駄な抵抗だった。

「オルキス様。いけません……こんな、場所で……！」

「静かに」

「で、ですがっ……ここは、あなたの職場です。このような、行為は……」

（――やめるつもりはない。力ずくで黙らせてやろうか）

アイリーンが怯えに肩を揺らすと、オルキスが唇に齧りついてきた。声を封じられる。

文字通り、力ずくで黙らされたアイリーンだったが、キスは思ったより乱暴ではなく、どこか甘さも含んでいたため、オルキスの背に、おずおずと腕を回していた。

訓練のために身に着けている、簡素な甲冑姿のオルキス。さっきまでは騎士団長として、部下の訓練に当たっていた立派な騎士なのに、今はひたすら、ただの『男』のようにアイリーンを求めている。

(――今すぐ、俺のものだという証を残さなくては)

アイリーンが大人しくなると、今度はオルキスが乳房の上部、鎖骨や首筋の辺りへと唇を押し当ててきた。執拗《しつよう》に、赤い痕が残るまで、きつく吸っていく。

「ふ、ぁ……あぁ……」

「……」

「あっ……んっ、んん」

(――愛らしい声が、聞かれてしまう)

満足がいくまで、柔肌に赤い花弁《はなびら》を散らしたオルキスが、身を乗り出し、再びアイリーンの唇を奪って嬌声を封じた。

「んっ……むーっ……」

オルキスが太腿の奥、撫でていた媚肉を指で押し拡げ始めた。薄らと湿り気を帯びた蜜口へと指を挿しこんでくる。

あの夜の記憶が、アイリーンの脳内へと濁流のように迫ってきた。

アイリーンは指を挿入されて拡げられる甘美な感覚を思い出し、彼と口づけを交わしながら、お腹の奥から、とろりと温かいものが溢れたのを感じた。

「んっ、んん……」

オルキスの二本の太い指が、蜜口の中へと入ってきた。ぬるぬると、動かされる。

「ふぁっ……ぁ」

(――こんなにも、濡れて)

ぬちゃり、と音を立てて指を抜いたオルキスが、透明な愛液を躊躇なく口へと運んだ。

(――彼女は、どんな味が、するのか)

「あっ……」

驚愕の声を上げるアイリーンの視線の先で、オルキスが愛液を舐め取って見せる。

「いや……舐め、ないで、ください……」

(――無味のはずなのに……ひどく、甘く感じる)

「オルキス、様っ……！」

そんな場所から、零れ落ちた体液を舐めるなど、アイリーンには信じがたい。

アイリーンが羞恥のあまり上げた悲鳴を、オルキスは無視する。彼女の足を持ち上げて肩に引っかけると、机の前に跪いた。

「声を立てるな」

短く命じたオルキスが、媚肉へと顔を寄せてくる。

舌先でつつかれ、舐められた瞬間、アイリーンは甲高い声が出そうになり、両手で口を塞いでいた。

「んーっ……んっ……」

オルキスはスカートを捲くり上げて、足の間に顔を埋めている。

(――淡い薄紅色)

媚肉を指で押し開き、ぱっくりと顔を覗かせた蜜口を観察しながら、オルキスが舌を這わせ始めた。

兵舎の執務室で、淫猥《いんわい》な舌遣いでアイリーンを愛撫しているオルキスは、訓練場で剣を振るっていた騎士団長とは別人ではないかとさえ、思ってしまう。

「んっ、ふっ、ぁ」

(――この場所に、今すぐ突っ込んでやろうか)

「っ……あ……だ、め……」

(――そして、身体に、覚え込ませてやりたい)

「……は、ぁ……うっ……ん」

(――その肌も唇も、何もかも全て、もう俺のものだと)

必死に声を抑えながら、アイリーンは眦《まなじり》に涙を浮かべて、足の間で動いているオルキスの黒髪を見下ろした。

初夜の後、今日に至るまでアイリーンを抱こうとしなかったオルキス。

口数が少なく、表情も無くて、何を考えているか分からない人。

(――誰にも、渡しはしない)

仏頂面からは想像もつかないほど、独占欲を露わにした心の声がする。

行為を強いられているはずなのに、騎士に手を取られて挨拶を受けていた妻を見て、オルキスはそんな事を考えていたのかと知っただけでも、アイリーンの肌は火照った。

舌先が蕩けた蜜口に挿しこまれ、ぷくりと膨らんだ花芽を摘まれて、転がされる。

アイリーンは爪先まで伸ばし、身震いした。

「んっ、んー……はぁっ、ん……」

口を塞いでいる指の隙間から、甘やかな吐息が零れる。下半身への執拗な愛撫で、首が仰け反りそうになった。

やがて舌の代わりに、オルキスの太い指が滑り込んでくる。内壁をこすりたて、身体を繋げる準備のために拡げていった。溢れる蜜液のせいで、濡れた音がする。

会話もなく、静まり返った執務室の中には、アイリーンが必死に抑える声と、愛液を絡めた指が隘路をかき混ぜる音だけが響く。

「ふっ、うっ、ンン……っ！」

（――もう二本も、飲みこんでしまった）

「……ん、んっ」

（――ならば、三本目も）

「っ、お、やめ、くださっ……」

オルキスの三本目の指が蜜口を抉じ開け、根元まで挿入された指で軽く出し入れされた瞬間、アイリーンは呆気なく達してしまった。

「っ、ん、んんーっ！」

オルキスの肩に担がれた足がピンと伸び、上を向いて肩を震わせたアイリーンは、荒い呼吸をしながら弛緩して、後ろに倒れそうになった。

だが、後頭部を机にぶつける寸前で、立ち上がったオルキスが抱き留めてくれる。

（――頭をぶつけるところだった。危ない）

「あ……オル、キス……さ、ま……」

達した余韻で小刻みに震えるアイリーンを抱きすくめ、獰猛な激しさで唇を重ねてきたオルキスは、唇を離すと同時に、息も絶え絶えな彼女を持ち上げた。うつ伏せに返す。

「……え？」

机の角で身体を折り曲げる、オルキスに向かって腰を突き出す格好。執務机が少し高めなので、アイリーンの足の先は、床につかずに浮いていた。

　心もとない体勢に、アイリーンは困惑する。

「……オ、オルキス、様……？」

　背後で硬質な音がした。簡素な甲冑を脱いで床に落とし、ベルトを外したオルキスが、アイリーンの腰を摑んでくる。

　蜜口に硬い物体が押し付けられ、アイリーンは大きく震えた。

「っ……い、や」

　思わず、手を前に伸ばして逃げようとすると、顎を摑まれて後ろを向かされる。

（――逃がすものか）

　唇を塞がれると同時に、指で解された隘路へと硬い切っ先がめり込んできた。

「ふ、ぁ……あ、っ……むっ」

「……っ」

　オルキスがアイリーンに覆いかぶさり、隆々と脈打つ雄芯を、根元まで埋めていった。

　たった一夜で覚え込まされた彼のカタチを、アイリーンは思い出す。

　あの夜と同じ……いや、それ以上に大きくて、硬い。

　オルキスの舌が、身を捻って口づけを受けているアイリーンの口唇を舐めた。歯の隙間にまで侵略を開始し、上も下も犯していく。

「っ、あ……あぁ……」

「……アイリーン」

(――熱く締め付けられて、蕩けそうだ)

吐息で囁かれた名前に被さって聞こえてきた、彼の感想は直球だった。

オルキスが腰を支え、雄芯をぎりぎりまで抜き、間を置かずに奥へと突きこんでくる。

机に押し付けられながら、アイリーンは拳を握り締め、瞼を伏せた。

「うっ、あぁ……あ、んっ……！」

か細い嬌声が上がると、すかさずオルキスが接吻で唇を塞ぐ。

「はぁ、ん……っ……ぁ……」

(――本当に、忌々しくて、ならない)

「っ、ん……ん」

(――若い騎士に、愛らしい微笑みを向け、傅かれている姿を見るのも)

「……オル……キ、ス……さ……」

(――衝動に駆られ、彼女にこんな行為を強いる、自分も)

オルキスに揺らされるたび、机が少し揺れた。がたっ、がたっ、と音を立てている。

逞しい動きで奥を突かれながら、アイリーンは身悶えて、片手を伸ばす。机の端に置いてあった羽根ペン立てがぶつかって、床へと落ちた。派手な音を立てる。

だが、オルキスは一瞥すらくれず、強張った雄芯を突きこみながら、アイリーンの頬や首筋に唇を当てていた。大きな手が机と身体の隙間に滑り込み、押し潰されている乳房を優しく包んで揉み始める。

（——彼女の柔らかい肌に触れ、押し殺した声を聞いているだけで、俺は……）

オルキスの荒い息遣いが、耳を掠めた。それも段々と、余裕がなくなっていく。

「あっ……んっ……んっ、ん……」

腰を押し上げられる際、反射的に小さな声が漏れた。何度も、それを繰り返す。

アイリーンは体内を熱杭でかき混ぜられる快楽に、瞳を潤ませた。頭が働かなくなり、こうして触れ合っているだけで、どうしてこんな状況になっているのか、彼の怒りの理由は何だったのか、全てがどうでもよくなってくる。

オルキスの愛撫は性急だったが、痛みを与えるような乱暴さはなく、彼女を傷つけるためのものではなかった。

今も、そう。アイリーンの柔らかな内側を穿ちながら、時折、甘ったるくて、しつこいキスが降ってくる。

机に突っ伏したアイリーンの瞳の端から涙が溢れ落ちると、オルキスがそれを指ですくい、舌で舐め取った。

（——涙を流す姿まで、愛らしくて、美しい）

そして、ひときわ、奥まで突かれる。アイリーンの細い腰を揺さぶり、離してくれない。愛でられ、慈しまれ、その強引さと激しい熱情に、振り回される。

「あぁ……あ……ふ、ぁ……」

「は、っ……」

オルキスが熱い息を吐き、アイリーンの首筋に軽く歯を立てながら心の内を明かした。

(——ああ……駄目だと、分かっているのに、どうしても抑えられない)

オルキスは雄芯を深く埋め、アイリーンの腰に太い腕を巻きつける。軽く浮かせ、更に腰を密着させてきた。

ぐりっ、と最奥を犯された瞬間、それまで必死に耐えてきた嬌声が室内に響き渡る。

「やぁんっ!」

「……アイリーン」

「……あっ、あっ……オ、ルキス、さまっ……だ、めっ……!」

はしたない声に赤面している暇もなく、奥を拡げるように腰を突き回され、思考が真っ白になったアイリーンは声を抑える術を失った。

(——甘い声、甘い肌。全てが、愛らしくて堪らない。俺のものだ)

「うっ、あぁ……オ、ル……キス、さまっ……オル、キス、さ……」

(——また、あの夜のように……何もかも忘れて、愛らしい彼女を)

濃密な色香と渇望を纏った低い声が、アイリーンの耳の横で、吐き出された。

「――めちゃくちゃに、してやりたい」

最小まで落とされた声量であったが、それは確かに、オルキス自身の口から零れ落ちた願望だった。

自分を律する事に慣れた厳格な騎士が零した言葉の響きは、意味だけを取ると物騒でしかないのに、愛らしいと連呼された延長線上で、アイリーンの耳には睦言として響く。

それほどまでに求めてくれるオルキスに、アイリーンもまた音には乗せず、唇だけを動かして応えた。

……あなたの、のぞむように……わたしを、めちゃくちゃに、して。

切実な願いは、オルキスの耳に届く事はなく、荒々しい揺さぶりの中に消えていく。

そして、押し殺した吐息と共に、オルキスはアイリーンの蜜口へと吐精した。

「っ……う……」

「あ、あぁっ……！」

アイリーンもオルキスと同時に達し、注がれる熱を身に受けながら、ぎゅっと抱き締めてくるオルキスの手に、震える自分の手を添える。

(――まだ、足りない……だが、これ以上は、駄目だ)

朦朧とする意識の中、オルキスが尚も硬さを保っている一物を埋めたまま、自分を抑えているのが耳で聞きとれた。

オルキスの激情の声を聞き、怒りの原因を薄々察していたアイリーンは、それほどに我慢する必要など無いのにと、朦朧としながら思う。

だが、アイリーンはそれ以上、意識を保っていられず、何か答える前に気絶していた。

◇

職務の事を考えて無心になり、熱を冷ましたオルキスは、気絶してしまったアイリーンの身なりを整えてやり、深窓の姫君を扱うような丁寧さで窓辺のカウチへと運んだ。そっと横たえて、上着をかけてやる。

「ん……」

アイリーンは寝心地のよい体勢を探し、やがて横向きで丸くなって寝息を立て始めた。

オルキスはその場に膝を突き、アイリーンの寝顔を見つめる。余韻で紅潮《こうちょう》している頬を、指の背で撫でた。

「……すまなかった。アイリーン」

アイリーンが目覚めたら、誠心誠意、謝罪をしなくてはならないだろう。

仕事をしているオルキスの姿を見てみたかった、というアイリーンの説明を、オルキスも信じている。

つい先日も、距離を縮めるために、もっと話がしたいのだと打ち明けられた。

アイリーンは、オルキスを夫として受け入れて歩み寄ろうとしてくれている。円満な夫婦生活を望んでいるのだ。

今回の件だって、アイリーンが勝手に兵舎へ入ってきた事に関しては、お調子者のヴィクターの提案を断れなかったのだろうとは容易に想像がつく。

だから、少し叱って、次はやるなと釘を刺すだけで済む話だったのだ。

だが、にこやかなアイリーンが若い騎士に囲まれている光景を見た時に、オルキスの心は大きく乱れ、苛立ちが湧き起こった。たおやかなアイリーンの手を握り、微笑みを向けられ、隣に立っていいのは夫の自分だけなのだ、と。

つまるところ、それは嫉妬《しっと》。どす黒い、負の感情だった。

オルキスは嫉妬を抑えきれず、怒りと苛立ちに襲われて、自分を抑えきれないままアイリーンに無体を強いたのである。

「何とも、情けない話だな」

モントール王国の騎士団長ともあろう者が、自身の感情すら制御できず、護るべき女性にぶつけてしまうとは。

今日だけではない。初夜とて、そうであった。アイリーンが相手だと、鋼の理性を持つという自負があるオルキスの自制心は振り切れ、制御できなくなってしまうのだ。

その理由を、オルキスは自分でも、十分すぎるほど理解しているつもりだった。

オルキスは恭しくアイリーンの手を取り、衝動のまま無体を強いた事を、詫びるように指先に口づけた。そして、おもむろに立ち上がる。

オルキスは足早に扉へと向かうと、鍵を外して勢いよく扉を開け放った。

扉の前で、聞き耳を立てていた騎士達が驚いたような顔で飛びのく。その面子の中には、アイリーンの兄も居た。

オルキスは不意打ちで焦る一同を、無表情で見回す。顔を赤くして口ごもり、目を逸らす騎士も居る。

どこから聞いていたのだと、オルキスは苦々しく思いながら口を開いた。

「お前達、暇なようだな。全員、後で訓練場へ来い」

「団長。あいにくと、俺は街の見回り組でして……」

オルキスは、ヴィクターを見やる。淡々と、抑揚のない声で言い放った。

「ならば、一日の職務を全て完璧に終えた後に来い。特に、ヴィクター。お前は、逃げたら容赦しない。分かったか」

「……了解しました」

訓練場でしごかれるのを想像したらしく、ヴィクターが消え入りそうな声で答える。

オルキスは、緊張の面持ちで震え上がる他の部下もひと睨みしてから、扉を閉めた。

執務机に向かったオルキスは、ふと、床に落ちて端が欠けたペン立てを見つける。

どうやら行為の最中に、床へと落ちたようだ。夢中になっていて、覚えていないが。

このペン立てを見るたびに今日の事を思い出しそうだと、オルキスは真顔で考えながら机に戻した。アイリーンが目覚めるまで、執務を片付けるかと席に着くが、どうにも集中できなくてカウチへと目線を向ける。

幸せそうな顔で眠っている、新妻の姿。

――こんにちは。わたしのなまえは、アイリーンです。

オルキスはペンを置き、それからしばらく、遠目にアイリーンの寝顔を眺めていた。

第四章　憧憬から恋へ

執務室で目覚めたアイリーンは、オルキスが呼んでくれた馬車に乗る際、手を握られながら深々と頭を下げられた。

「本当に悪かった。二度と、しないと誓う」

(――彼女を怖がらせただろうし、また、無理をさせてしまった)

心の声まで聞こえてきて、アイリーンはどう答えたらいいか分からず、視線を泳がせる。

オルキスはバツが悪そうに溜息を吐き、アイリーンを馬車へと乗せて、さっさと扉を閉めてしまった。馬車が動き出す。

アイリーンはオルキスの姿が見えなくなるまで、窓を眺めていた。

――誰にも、渡しはしない。

独占欲を露わにした、オルキスの心情。

アイリーンは両手を握り締め、火照る顔を伏せる。

とても驚いたが、オルキスが怖くなったわけではない。

何故なら、オルキスは確かに怒っていたけれど、叱るために身体的な痛みを与えたわけではない。怒りの理由も、アイリーンが他の騎士に傅かれていたのを見たからだ。

心の声は、誰にもアイリーンを渡したくないと、そう言っているも同然だった。

つまり、オルキスは、他の騎士に嫉妬していた？

「……こういう時は、オルキス様に、どう接したらいいのかしら」

激しく嫉妬し、葛藤する心の声を聞いてしまったがゆえに、アイリーンは途方に暮れ、馬車の車輪の音に混じって、とくとく、と軽やかな音を立てる己の鼓動を聞いていた。

◇

兵舎に忍び込んだ日から、数日後。

国王の主催で行なわれる夜会に招待され、アイリーンはオルキスと一緒に、夫婦では初の公の場に出席する事となった。

到着してすぐ、ワイングラスを片手に宰相と談笑している国王のもとへ挨拶に行くと、上機嫌で出迎えられる。

「おお、二人とも。よく来てくれたな」

「国王陛下。今夜は、私とアイリーンをお招き頂き、ありがとうございます」

「ありがとうございます」

堅苦しく一礼するオルキスに倣って、アイリーンも笑顔でイブニングドレスの裾を持ち、綺麗なお辞儀をした。

国王が口ひげを撫でながら、少し突き出たお腹を揺らして笑う。

「今夜はぜひとも、夫婦で楽しんでいくといい。それで、新婚生活はどうなのだ？　うまくいっているのか？」

「……」

「もちろんです、陛下」

オルキスが目線を下げて沈黙したため、すかさずアイリーンは答えた。

国王は、目を逸らしているオルキスと、笑みを絶やさないアイリーンを見比べて、ふむと小さく唸る。

「うまくいっているのならば、何も言う事はないが……アイリーン。この愛想がない堅物の男と、本当にうまくやっているのだな。私には嘘を吐くでないぞ」

「ええと、それは……」

一時は父代わりでもあった国王に探るような視線を向けられ、アイリーンは言い淀む。

愛想がない堅物と称され、オルキスも微かに眉を寄せたが、口を挟んでこない。

うまくいっているも何も、先日の兵舎での一件以来、二人の関係は以前にも増して、ぎこちないものになっていた。

怒りを露わにしてアイリーンを抱いたオルキスは、それきり、一切触れてこない。

薬の効果も切れてしまい、状況は変わっていないどころか悪化している。

結局、アイリーンが答えられずに黙り込むと、国王が訳知り顔で溜息を吐く。

「さては、うまくいっていないな」

「……」

「……」

「二人して、黙り込むでない。まったく」

国王が呆れ顔をして、しばし何かを考える素振りを見せた。

「……よし、いい事を思い付いたぞ。オルキス」

「何でしょうか、陛下」

「確か、先日の国境近くの紛争の件で、まだ褒賞を与えていなかったな。ならば、お前に褒賞として、明日から二週間の休暇をやろう」

「……」

オルキスが黙る。表情は変わっていないが、突然の話で困惑しているのだろう。

「その休暇を利用して、二人で旅行をしろ。王都を離れ、行き先は……そうだな、王都から東へ半日進んだところにトルエという街がある。そこに、今は使っていない別荘があるのだ。街からは離れた場所にあるから、二人きりで過ごすにはちょうどいい。特別に貸してやろう」

国王直々の計らいに、アイリーンは驚いて言葉を失った。

オルキスも面食らったように瞬きを繰り返し、硬い口調で言う。

「国王陛下の別荘を貸して頂くなど、恐れ多くて、できません。それに、私は二週間も休暇を取れません。訓練はともかく執務が滞ります」

「お前の部下には優秀な者が多いだろう。仕事を分担し、やらせればよい。ここ数年、お前は長期休暇も取らずに働いてくれた。これは、その労《ねぎら》いでもあるのだ。部下もきっと、理解してくれるだろう」

「しかし……」

「私の命だ。よもや、断るとは言うまいな。オルキス？」

「……御意に」

「アイリーンも、話は聞いておったな。そういうわけだ、オルキスと共に休暇を楽しんでくるといい」

「分かりました。お心遣い、ありがとうございます」

褒賞というのは名目で、夫婦の仲を深めるための、国王の気遣いだろう。有無を言わさぬ口調で国王の命令だと言われてしまえば、二人は逆らえない。

強硬手段を取った国王に、アイリーンは苦笑しながら、オルキスの反応を窺った。

オルキスはいつもの仏頂面で、黙って一礼する。慎重に観察していると、微かに眉が寄っていたので不満そうではあったが、そこは、国王を敬愛し、忠誠を誓っている騎士団長。婚約の時と同様、勝手な決定に、文句の一つも言わなかった。

◇

モントール王国の東に位置するトルエは、田舎だが、商人が多く住まう街であった。

国王の別荘は街外れの小高い丘の上にあり、周囲は林になっていて、街の喧騒が届かない静かな滞在地だ。別荘自体も落ち着いた煉瓦調の建物で、周囲の風景に溶け込んでいる。

朝早くから馬車に揺られて、到着したのは午後だった。アイリーンは荷ほどきもそこそこに、側付きのメイドを伴って別荘の探検を始める。

部屋を一つずつ覗いていくと、一階で音楽室を見つけた。国王は定期的にサロンを開くほど音楽には造詣《ぞうけい》が深いため、別荘にもわざわざ音楽室を作ったのだろう。

音楽室の中央には調律されたピアノがあったので、アイリーンは早速、弾いてみた。

メイドが見守る中、得意な夜想曲《ノクターン》を奏でる。

静かな別荘に、美しいピアノの旋律が響いていった。

演奏に没頭していたアイリーンは、一曲を弾き終えると同時に、メイドの姿が見えなくなっており、オルキスが戸口に腕を組んで凭れていると気付く。

「オルキス様。荷ほどきは終わったのですか？」

「ああ。君は？」

「私は……まずは探検をしようと思って、別荘の中を見て回っていたのです。そうしたら、ピアノを見つけたので、つい弾いてしまいました」

アイリーンは頬を染め、荷ほどきを放り出して探検をしていたと正直に打ち明けた。

オルキスは呆れた様子もなく、そうか、と短く相槌を打ってくる。

「この音楽室も、きっと陛下が趣味で作られたのでしょうね。ピアノだけではなく、本棚にはクラシックやオペラの資料や楽譜が、たくさん置いてありますから」

「そうだな」

「陛下の音楽好きは、社交界でも知られています。私も幼かった時から、頻繁に音楽サロンへ呼んで頂きました。大人の紳士や淑女が大勢見守る中で、陛下は私にピアノを演奏させたのですよ。今思うと、緊張もせずによく弾けたなと、幼い自分に感心します」

アイリーンは、沈黙の間ができないようにと話し続けた。黙ってしまえば、ここ数日のように気まずい雰囲気になると思ったからだ。

オルキスはいつものように、静かに耳を傾けている。

「そういえば以前、オルキス様にもピアノ演奏をお聞かせすると、約束していましたね」

「……した記憶がある」

「折角の機会ですから、お聞かせしましょうか？」

アイリーンが、おそるおそる申し出ると、オルキスが小さく頷いた。

「では、何の曲にしましょう。お好きな曲は、ありますか」

「先ほどの曲」

オルキスが即答する。

「先ほど、私が演奏していた曲ですか？」

「ああ」

「確か結婚前に、オルキス様が屋敷にいらして聞いていらっしゃった曲も、これと同じでした。お聞かせするのは三回目になりますけれど、よろしいのですか？」

「……四回目」

「え？」

「いや、何でもない」

オルキスが首を横に振り、窓辺に足を運ぶ。国王が演奏を聞くためか、設置されているカウチへと、オルキスが腰を下ろした。

アイリーンはピアノの前に座ると、たった一人の観客のために、鍵盤を弾き始めた。

曲調はゆったりとしており、少し物悲しい。滑らかな旋律が室内に響き渡っていく。

大好きなピアノを弾きながら、アイリーンは頬を緩めていた。


別荘で始まった生活は、それまでの暮らしに比べると、穏やかなものだった。

オルキスは早朝に出勤する必要がないため、朝、起きるとリビングでお茶を飲みながら、書斎から探し出してきた戦術や武器の本を読み耽《ふけ》っていた。昼間は連れてきた愛馬に乗って出かけたり、庭で剣の素振りをしたりしていた。

アイリーンはというと、読書をしているオルキスの隣で静かに編み物をしたり、音楽室でピアノを演奏して、オルキスに聞かせたりしていた。

あの丸薬も、アイリーンは一応鞄の中に入れてきたが、別荘に来てからは一度も出してはいない。並んでカウチに腰かけ、お互いに自分のしたい事をして寛ぐ二人の間で、沈黙は重たくはなく、心の声を聞く必要もなかった。

その日も、オルキスのための演奏を終えたアイリーンは、窓辺に目を向けて珍しい光景を目にする。

「あら？」

カウチでピアノを聞いていたオルキスが、背凭れに身を委ねて転寝をしていた。

オルキスは、いつも隙がなく、人前で寝顔を見せるイメージがない。アイリーンも当然ながら、オルキスの寝顔を一度も目にした事がなかった。

アイリーンは静かに立ち上がり、足音を忍ばせてカウチへと近付く。

オルキスは両の瞼を閉じて俯き、無防備に寝息を立てていた。

「まぁ」

アイリーンは小さな驚きの声を上げ、慌てて両手で口を塞ぐ。

これはいい機会だと思い、オルキスの寝顔を覗き込んだ。起こさないように細心の注意を払いながら、端整な顔を間近で見つめる。

少し長めの前髪に、長い睫毛。高い鼻筋と、薄い唇。この唇が、いつも予告なく、アイリーンを荒々しく奪っていくのだ。

オルキスの唇の感触を思い出し、アイリーンは頬を林檎《りんご》色に染める。

口づけをするオルキスは紳士的ではなくて、男らしく粗暴だが、アイリーンは彼との接吻が好きだ。肌を重ねる行為をしている時も、オルキスは吹き荒れる嵐のように激しく、アイリーンを翻弄していく。

心の中で駄目だと繰り返していたから、彼自身は、その衝動を厭《いと》っているようだ。

しかし、アイリーンは驚きこそすれ、彼の激情を受け止める事に嫌悪感《けんおかん》はない。むしろ、普段の冷静さをかなぐり捨てて求めてくるオルキスを、好ましいとさえ感じた。

「……私って、はしたないのかしら」

オルキスとは二度しか肌を重ねておらず、ましてや、アイリーンは他に経験がない。常識的に考えると、初めてなのに体調を崩す抱き方をされ、職務をする執務室で襲われるのは、女性に無理を強いていると受け取られるだろう。アイリーンも執務室での一件はひどく驚いて、終わった後もしばらく動揺していた。

だが、初夜の件については結婚式の準備で連日の疲れが溜まっていたというのは確かなのだ。夜遅くまで招待客のリストを見ていたり、衣装合わせのために朝早く起きていたため、疲労が蓄積《ちくせき》していたはずだ。その疲れが一気に出たのだろう。

それに、オルキスは己の行動を悔いて二度とも誠意をもって謝ってくれた。アイリーンを怖がらせてしまったと、深く反省しているのか、指一本触れようともしない。

アイリーンにしてみれば、そうではないと否定したい。

もっと、触れてくれて構わないのに。我慢をして、強引に自分を抑えこもうとするから、執務室で襲われた時みたいに、反動が出るのではないかと考えている。

だが、心で思っているだけでは、この気持ちは伝わらないだろう。機会を見て、オルキスにも伝えたいのだけれど、いかんせん、切り出しづらい話題だから口が重くなる。

いっそ、あの丸薬をオルキスにも飲んでもらいたいくらいだった。そうすれば、アイリーンの考えている事も、余さず伝わるだろう……と、そこまで考え、駄目だと頭を振る。もしも、オルキスが薬を飲んで、抱き合っている最中の声まで聞かれてしまったら、余計な心の声まで聞こえてしまうかもしれない。そうなったら、恥ずかしくて死んでしまう。

「こんな考え、やっぱり、はしたないわ」

アイリーンは両手で顔を覆って、自分を落ち着かせてから、未だに目を覚まさないオルキスの隣に腰を下ろした。真横から端整な顔を見つめ、唇で目線を止める。

甘いキス。荒いキス。オルキスがくれるキスならば、どちらも好きだ。

自分の唇を指でなぞった後、アイリーンはおもむろに身を乗り出した。オルキスの唇の端に軽いキスをする。

「……これも、はしたない……かしら」

やはり、今の自分の声がオルキスに聞こえていたら、恥ずかしくて隠れたくなるだろう。オルキスと抱き合った時のやり取り、どんなキスをされたのかまで頭の中で思い返して、胸を高鳴らせている事が知られてしまうに違いない。

アイリーンが両手で顔を覆って、勝手に一人で照れていた時、肩を抱き寄せられた。

寝ていたはずのオルキスが、固まるアイリーンを抱き締めると、顔を傾けてくる。いつから起きていたのだと尋ねる間もなく、オルキスがキスを仕掛けてきた。

「っ、ん……」

「……」

「……オル、キス、さ」

頬に手が添えられ、唇が触れ合うだけで離れると、角度を変えて、また押し当てられる。今までも何度かされた、強引に奪われるキスではない。舌も使わずに互いの体温を分け合うだけの、ひたすらに、甘いキスだった。

「……ん……ん」

アイリーンは肩の力を抜き、オルキスの首に腕を巻きつける。

すると、軽く肩を押されて身を離された。

オルキスが口元を手で覆い、小さな声で囁く。

「……すまない」

「起こして、しまったのですね……どうして、謝るのですか？」

「……」

「私は、嫌ではありませんでした」

自分の気持ちは、言葉で伝えなくては分からない。

アイリーンは、恥ずかしさを押し殺しながら、勇気を出してそう告げた。

ここで伝えなければ、オルキスとの関係は、きっと改善しないと踏んだのだ。

「あなたとキスをするのは、好きです」

「……」

「オルキス様は、どうなのですか？　お願いですから、答えてください」

「……アイリーン」

「どうか、少しでいいので、あなたの気持ちを、言葉にしてくれませんか」

半ば、懇願だった。

アイリーンは、オルキスの首に抱きついて乞うた。

オルキスが深く息を吐き出し、アイリーンの背を優しく撫でてくる。そして、とうとう、重たい口を開いた。

「……言葉足らずな、自覚はある。君にも誤解を与え、不安にさせてしまっている」

「分かっていらっしゃるのですね」

「ああ……ただ、俺はどうにも、苦手だ」

「何が苦手なのです」

「……俺個人の感情や、考えを、言葉に乗せる事」

「ですが、陛下の前では、普通にお話しされていますよね」

「仕事だと、割り切っている」

オルキスが物憂げに息を吐く。

「仕事以外だと……何を話したらいいか、分からない」

「毎日の出来事や、あなたが考えている事を、ただ素直に口に出せばよいのです」

「……」

「それとも、私があなたに聞きたい事を、たくさん質問してもいいのならば、遠慮なく聞かせてもらいますけれど」

「ああ」

オルキスが吐息を交えて、答えた。

ようやく、オルキスとゆっくり会話ができそうだ。質問の許可も得た。

「では、オルキス様は私を、どう思っていらっしゃるの？」

「……」

「『いきなり、その質問か』と、思われました？」

「……」

「『心を読まれたかと思った』と、考えたでしょう」

「……心が読めるのか」

「いいえ。今は、読めません」

「？」

アイリーンは、心の声が聞こえていた時のように耳を澄ませる代わりに、ほんの微かに眉を寄せるオルキスの表情を、つぶさに観察した。

「質問に答えてください。私を、どう思っていらっしゃるの？」

「……嫌い、ではない」

予想していた通り、ぶっきらぼうで素直じゃない答えが返ってくる。

心の声ではなく、オルキスの口から初めて彼の心情を聞いた気がして、アイリーンは肩の力を抜いた。

嫌いではない。それを聞けただけでも、今は十分だ。

と、そこで、思いがけず同じ話題で会話が続く。

「……君は？」

「私？」

「……」

「オルキス様を、どう思っているのか。という質問でしょうか」

オルキスの短すぎる言葉の真意を、アイリーンはじっくりと考えながら、尋ね返した。

首肯が返ってくる。

「私は――」

アイリーンは、ふと口を噤んで胸に手を当てた。最近、新しいオルキスを知るたびに、いちいち鼓動が速くなるので、癖になり始めている動作だ。

オルキスの寡黙で生真面目な普段の態度からは想像もできないほど、情熱的にキスを奪っていくところ。

体調を崩して寝ている時に、眠るまで髪を優しく撫でてくれたところ。

まるで子供みたいにアイリーンを抱き上げてしまう、男らしいところ。

強くて頼りがいのある騎士団長として、部下達に慕われているところ。

そして、アイリーンを心から欲しているみたいに、激しく求めてくるところ。

アイリーンの脳裏に、次々とオルキスとのやり取りが思い浮かび、頬が赤くなった。

オルキスをもっと知りたい。普段と違う彼を、受け入れたい。

この感情は、憧れではない。

もっと違う、別の……。

「……オルキス様」

アイリーンは、真っ赤な顔で傍らのオルキスを見上げた。

「私は、この頃、少しおかしいのです」

「……体調が、悪いのか？」

「そうではなくて。いつも、あなたの事ばかり考えています。あなたに触れられると、鼓動が速くなって、収まりません」

「……」

「だから、きっと私は……」

普通、心の声は聞こえないもの。相手が何を考えているのか、分からないのは当然だ。だから、アイリーンはオルキスに、自分の気持ちを言葉にして伝えなくては。

「あなたを、お慕いしているのだと思います」

オルキスが、軽く目を見開いた。あからさまに、彼が感情を表に出すのは珍しい。

アイリーンは照れ臭さに苦笑し、赤い顔を伏せた。

「以前も言いましたが、私はあなたを知りたいのです。今までお話しする機会が無かったのですが、私にはささやかな夢があります。侯爵家に生まれたからには、自由に相手を選ぶ事はできませんが、もしも誰かと結婚したら、その方と、温かい家庭を築きたいと」

「……」

「私は、あなたと結婚して、あなたに惹かれました。だから、私はあなたと、そうしたい」

段々と声が小さくなり、最後は消え入りそうな声量になった。

すると、オルキスがアイリーンに背を向け、顔を片手で覆って隠してしまった。

「もしかして、私の言葉が、ご不快でしたか?」

「……いや。違う」

アイリーンは、身動き一つしなくなったオルキスの肩に触れる。

「オルキス様?」

身を乗り出して、横を向いているオルキスを覗き込む。

そして、アイリーンはばっちりと見た。

「あら、まぁ」

「……見るな」

「お顔が、真っ赤な薔薇色ですよ」

「見るなと、言っている」

「もしかして、照れていらっしゃるの？」

「……」

「それとも、喜んでいらっしゃるの？」

「……黙れ」

「まさか……その、どちらも？」

「黙りなさい」

オルキスの腕が、大きな瞳を真ん丸にしているアイリーンの首に巻きついてくる。軽く絞められたが、手加減されすぎて、全く苦しくはなかった。

オルキスが未だに、仏頂面を薄らと赤くしていたので、アイリーンは嬉しくなって首に巻きついている彼の腕に両手を添える。

「全然、苦しくないです」

「……力を、入れていない」

笑っているアイリーンを見つめ、オルキスが長く息を吐き出した。

「何故、笑っている」

「とても、優しい方だなと思って」

「……アイリーン」

「はい」

「君に、言わせてすまない」

「え？」

「本来は、俺が言うべきだった」

「何のお話ですか」

「だから、つまり」

「婚礼の日に、君を護ると誓った……君を、幸せにするのが、俺の役目だ」

オルキスが、声に微かな後悔を滲ませながら、囁く。

「あ……」

「だが、俺は君に、無体ばかり強いている。それなのに……君は、温かい家庭を作りたいと、言ってくれた……本来は、俺から、言うべき台詞だった」

アイリーンは、上目遣いでオルキスを見上げた。

オルキスは目を伏せており、彼女と視線が合うと、ほんの僅《わず》かに口の端を歪める。

「不器用な男で、本当に、すまない」

これまでアイリーンは心の声ばかりに耳を澄ませていたから、注意を払ってオルキスの表情や、声色の変化を観察した事がなかった。

けれど今は、表情と声のトーンで、オルキスの気持ちがアイリーンにも伝わってきた。

「オルキス様。あなたが、私を大切に想ってくれていると、よく分かりました」

「……今ので、伝わったのか」

「ええ。ちゃんと、伝わりましたよ」

アイリーンは、ほっと肩を撫で下ろすオルキスの髪に触れ、優しく撫でる。

「私はもっと、あなたを見て、あなたの声色を聞くべきでしたね」

「……慣れない」

「何がです?」

「頭」

「ああ、こうして撫でられるのが、慣れないのですね。確かにオルキス様は背が高いですし、なかなか頭を撫でられる機会は無さそうです。もしかして……お嫌ですか?」

「いや」

オルキスは、アイリーンの空いている手を取り、甲に唇を押し当ててきた。

そして、低いバリトンの声で囁く。

「君にならら、俺は何をされても、構わない」

「……不意打ちです」

「?」

「きっと、私を動揺させて、楽しんでいるんだわ」

――困らせて、恥じらう反応を、見たくなる。

初夜に、オルキスがアイリーンの反応を見て楽しんでいたのを思い出し、勝手にオルキスの心中を推測したアイリーンは、口を尖らせて横を向いた。

一方で、オルキスは何度も瞳を瞬かせ、拗《す》ねるアイリーンを見つめている。

「……」

「オルキス様。『拗ねる顔も悪くない』とか、思っていらっしゃいませんよね」

「…………思っていない」

「その間が怪しいのです。心は読んでおりませんよ」

僅かな表情の変化や、目線の動きを見ていれば、彼の思考パターンを読むのは簡単だ。

アイリーンは動きを止めた。心の声に頼らずとも、オルキスがどう感じているのか、今は何となく分かる。それが正解でなくとも、予想できる程度には。

「オルキス様」

「……ん？」

オルキスとの会話を通して、二人の間のわだかまりが、少しずつ溶けていく。

今なら、勇気を出して言える気がした。

「あの……もう、私を……抱いては、くださらないのですか……？」

アイリーンは言い終えると同時に、この言い方ではまるで、抱いて欲しいと受け取られても仕方がない言葉選びだと、我に返った。

案の定、オルキスも瞠目している。

「いいえ。違う、違うのです。言い方を、間違えました。私達は新婚夫婦なのに、どうしてオルキス様が、何もしてこられないのか、疑問でっ……」

アイリーンが慌てふためいていると、オルキスの指が顎に添えられた。上を向かせ、言葉を遮るように唇を押し付けられる。徐々に身体が傾き、カウチへと横たえられた。

「っ……ん、ぁ……」

オルキスがアイリーンの手を握り締めながら、幾度も、キスを仕掛けてくる。触れる唇の優しさと、瞬きもせずに凝視してくる青い瞳に宿っている熱を見て取り、オルキスがキスをしてくる時は、いつもこの目をしていると、アイリーンは気付いた。

「っ……オルキス、様」

「……」

「いきなり……どう、されたのですか……？」

「……ん」

「オ、オルキス様……どうか、っ……お待ちください」

首筋に顔を埋め、ドレスの胸元に手を添えるオルキスを、アイリーンは口調を強くして制止した。

身を起こしたオルキスの表情を注意深く観察してみると、形のいい唇は、我慢をしているかのように引き結ばれている。視線も若干、斜め上を向いていた。

もしかして、この人は今、叱られて動揺している？

「すみません。声を荒らげたりして」

「……いや。俺も、すまない」

オルキスが身を引こうとするので、アイリーンは腕を巻きつけて引き留める。

「驚いただけなのです。嫌ではありません。ここしばらく、あなたが私を避けている理由を、先に知りたくて」

「……頭を、冷やしていた。無理を、強いたから」

「私は平気です。それで、我慢していらっしゃったの？　他にも理由があるのでは？」

「……ない」

「そうですか……だったら、我慢なさらないで」

「っ……」

「あなたが我慢しすぎて、先日のような仕打ちを受けると、私が困ってしまいます」

「……悪かった。二度とあのような真似は」

「謝罪が欲しいわけではないのです。……もうっ」

アイリーンは、焦れたようにオルキスの首を抱き寄せた。ぎゅっと抱きつく。

「謝罪は、何度も頂きました。私も驚きましたが、今は気分も落ち着いています。だから
……だから、あのっ……」

「分かった」

今度はオルキスが、アイリーンの心中を察してくれたらしい。途中で遮り、アイリーンの唇に優しいキスを落としてくる。

「んっ、ふっ……」

「……ちゃんと、優しくする」

「あ……ん……は、い」

「…………自分を、抑えなくては」

独り言のように落とされた台詞に、アイリーンはキスを交わしながら、答えた。

抑えなくていい。ぶつけてくれて、構わないのに。

オルキスの手がドレスの裾を捲って、内側へと忍び込んでくる。太腿を撫でられ、下着《ドロワーズ》

の紐を解いて脱がされていった。

「あっ、ぁ……」

オルキスはドレスの襟元にも手を差しこみ、シュミーズの下へと指を這わせてきた。柔らかく乳房を揉み上げられ、アイリーンは身悶える。

ここ数日、オルキスのためだけにピアノを奏でてきた音楽室で、アイリーンはドレスを乱されて、白い肌をさらしていく。

羞恥に火照る肌を、オルキスが舌で丹念に舐め上げていった。互いに言葉はなく、耳を掠めるのは、アイリーンの吐息と衣擦れの音だけ。

「はっ……あぁ……」

三度目の情交は、とても静かに行なわれた。

その理由を考えた時、今までは薬を飲み、オルキスの心の声を聞きながら抱かれていたからだと、アイリーンは知る。

愛らしい。美しい。何度も降り注いだ賛辞は、今は聞こえない。

けれど、オルキスの指先は繊細《せんさい》な動きで、美しいという言葉の代わりに、アイリーンの肌を丹念に撫でていく。

一つ一つの動きを覚え込ませ、愛らしいと囁く代わりに、アイリーンに口づける。

アイリーンは、蜜口を弄《いじ》るオルキスの胸に縋りつき、目尻から涙を零した。

オルキスの愛撫からは、確かな慈愛を感じた。

「ん、あ……あっ……オルキス、さま」

「……アイリーン」

「オルキス、さま……オル、キス……さま」

オルキスが柔らかい肌に唇を押し付け、甘やかに吸う。赤い花弁が散らされた。

「あぁ、ふ、っ……」

蜜口に挿しこまれた指の動きに、激しさはない。どこまでも緩やかに、アイリーンの身体は開かされていく。

アイリーンは両手で、鎖骨を舐めているオルキスの頬を挟み、持ち上げた。

そろそろ見慣れ始めた無表情。鼻筋から口元まで、その美しい顔立ちをくまなく確かめるように、指の腹で撫でていく。

「オルキスさま」

オルキスが首を伸ばし、アイリーンの頬にキスをしてきた。そのまま、唇を重ね合う。

蜜口から指が抜かれ、片足を持ち上げられた。硬いものが押し当てられる。

「……入れるぞ」

「は、い」

そして、猛った剛直が、アイリーンの内側を犯した。呼吸がしづらくなるほど、ゆっくりとした挿入だった。

アイリーンはもどかしげに首を振り、オルキスの肩にしがみつく。雄芯が中に押し込まれて揺らされる感覚は、最初の違和感さえ乗り越えてしまえば、とても心地よい。

しかし、今日は何だか――。

「んっ……んっ、はぁ……あ……」

オルキスの腰の動きは、これまでの二回と比べたら、ひどく緩慢だった。

アイリーンの反応を窺いながら、奥へと押し上げて抜く。苦痛を与えないようにと、意識しているような動き。

初めての夜に、荒々しく気を失うまで揺らされ、二度目の行為でもまた、失神するほど激しい抱かれ方をしたアイリーンは、喘ぎながらも、ひどく戸惑っていた。

彼は、どうしたのかしら。

「あっ……あ……」

「……っ……」

アイリーンは薄目を開け、上に乗っているオルキスを見た。彼は、何かを堪えるように唇を真一文字に結び、歯を噛み締めている。

「……あぁ、あ、あ……」

「アイリーン……」

「ふっ、あ……」

オルキスの控えめな動きが、もどかしくて、堪らない。

たった二回で、オルキスの遠慮がない逞しい揺さぶりに慣らされていたアイリーンは、生理的な涙を溢れさせながら、身を捩った。

「んっ、んっ……あ」

オルキスがアイリーンの顔の横に手を突き、少し動きを速める。整った柳眉を寄せ、自分を抑えながら雄芯で突き上げた。

それから、ほどなくして、オルキスが小さな呻き声を漏らし、アイリーンの奥へと雄芯を突きこんで熱を放った。

「あぁっ……！」

お腹の奥に吐き出された熱に、アイリーンもまた、仰け反る。

放出を終えて脱力してきたオルキスが、ぐったりとしているアイリーンを抱きすくめた。

互いの鼓動の音が収まるまで、二人は体温を分け合うように抱き合っていた。

やがて、オルキスがぼんやりとしているアイリーンを見下ろし、髪を撫でてくる。

「……部屋まで運ぶ」

オルキスが、自分とアイリーンの身なりを簡単に整え、彼女を抱え上げた。子供をあやす時のような抱き方をして、重さなど感じていない足取りで音楽室を出るオルキスに、アイリーンは頬を寄せて、くっつく。

「あの……オルキス様」

「？」

「……あなたの、お部屋に、行きたいです」

アイリーンは自分の中に残っている、精一杯の勇気を振り絞って、そう願った。

オルキスの足取りが一瞬だけ鈍ったが、反論はせず、途中で方向転換をして彼の部屋まで連れて行ってくれた。

「アイリーン。着いた……」

ベッドに降ろされると同時に、アイリーンはオルキスの首を抱き寄せ、そっと口づける。

オルキスはぴくりと肩を揺らしたが、初々しい誘い方をするアイリーンを抱き返し、ベッドに乗り上げて、ドレスの裾から覗く白い足に手をかけてきた。

◇

別荘を訪れてから初めて肌を合わせた日を境に、アイリーンはオルキスと過ごす時間が各段に増えた。

夜も同じ部屋で過ごすようになり、二人の距離は急速に縮まりつつあった。

「これがドです。隣がレ」

アイリーンはピアノの鍵盤を叩きながら、背後から手元を覗き込んでいるオルキスに、どの鍵盤がどの音を鳴らすのか、教えていく。

「ドからシまでの位置を覚えれば、後は簡単ですよ」

オルキスの手が伸びてきて、鍵盤を叩いた。ぽーんと、音が鳴る。

「……ふむ」

「簡単な曲なら、すぐ弾けるようになります。お教えしましょうか」

オルキスが首を横に振り、アイリーンの肩に手を置いてくる。

「剣を振るうほうが性に合う。君が、何か聞かせてくれ」

「そうですか。何がよろしいでしょう」

「……歌」

ぽつり、とオルキスが呟いた。

「ピアノではなく、歌ですか？」

「ああ」

「ですが……実は、歌は得意ではありません。音痴なのです」

アイリーンが視線を落として、口ごもりながら白状すると、オルキスが首を傾げる。

「……そうか？」

「そうなのです」

「そうでもない」

「オルキス様は、聞いた事がないでしょう」

「ある」

「いつのお話です？」

「……昔」

オルキスは、それだけ言って口を閉じた。

アイリーンは、急いで記憶を探る。どの程度、前の話なのだろう。

「どうしても、歌がよいのですか？」

オルキスが首を縦に振る。じっと見つめられ、アイリーンは困ったように笑った。彼の意志は固いらしい。

「では、簡単なものを一曲。歌はそこまで詳しくないので、ピアノに合わせて、口ずさむ感じになりますが」

「ああ」

肩に置かれたオルキスの手の温もりを感じながら、アイリーンはピアノ伴奏を始めた。

軽やかで簡単な曲調は、幼い頃に弾いていたソナタ。

アイリーンは羞恥を押し殺し、ピアノの音に合わせて歌った。朝の訪れを告げるため、囀る小鳥にも似た、透き通った声。

アイリーンは、ピアノ伴奏の音に比べたら、自分の歌声の音程がところどころ外れている気がして、なんて音痴なのだろうと、自分で思った。

オルキスは、真剣に聞いてくれている。それが、また、恥ずかしくてならず、ヴィクターが真剣な顔で、誰かの前で聞かせないほうがいいと忠告してきた事まで思い出してしまい、アイリーンは途中で歌をやめる。

「……すみません。これ以上は、お許しください」

「何故だ?」

「いちいち音が外れて、聞き苦しいと思います」

「……」

「代わりにピアノをお弾きします。オルキス様がお好きな、夜想曲《ノクターン》を」

鍵盤に手を乗せた時、背後から伸びてきた手が上に重ねられた。

「君の声は、好ましい」

耳の真横で吹き込まれた言葉。一瞬だけアイリーンは、また、オルキスの心の声が聞こえるようになったのではないかと疑った。

しかれども、あの丸薬は飲んでおらず、声が聞こえてくる感覚もない。

アイリーンが、勢いよく肩越しに振り返れば、オルキスが顔を傾けてキスをしてくる。

「んっ……」

「……歌わないなら、囀る声を」

「待って、くださ……あっ」

奏者用の椅子に座った体勢で、オルキスの手が胸元を覆った。布越しに揉まれ、アイリーンは驚く。

「ピアノを」

短い命令。胸元を触られながら、ピアノを弾けと指示を受ける。

アイリーンは熱に浮かされつつも、震える手でピアノの鍵盤を押した。

音楽室に鳴り響く音色に合わせ、オルキスの手が、アイリーンの手首から二の腕を伝って肩へと這い上がる。

「オルキス、さま……」

首に吸い付かれた。ドレスの背中を広げられ、コルセットの紐を緩められる。

オルキスの手がシュミーズの内側に滑り込んで、乳房を揉み始めた。

アイリーンはピアノを弾く手を止め、前のめりになりそうになるのを、堪える。

「っ……あぁ……」

「ピアノ」

寡黙なゆえ、その端的な一言に『弾き続けろ』という、オルキスの意志を感じ取れて逆らえない。

アイリーンは指を動かし、曲の続きを弾く。オルキスの手が動くたびに、頭が働かなくなっていき、演奏にもつっかえた。

オルキスの舌が耳朶を舐め、熱い吐息を吹きかけてくる。指の熱さと、性急さを増していく乳房への触れ方で、アイリーンは言葉が無くても、オルキスの意志を感じた。

今、ここで君が欲しい。欲しくて、堪らない——と。

「んんーっ……はっ、あ……」

鍵盤を叩く速度が遅くなっていく。ピアノの音に、アイリーンの甘い喘ぎが混じった。

オルキスの愛撫にも必死に堪え、アイリーンは数分かけて一曲を弾き終えた。

「あぁ……う……」

アイリーンの身体が、一息つく間もなく、浮く。

「はっ……あ……オルキス、さま……っ！」

オルキスに抱え上げられてカウチへと移動し、向かい合うように膝に乗せられ、抱きすくめられた。

「オルキス様……？」

オルキスはアイリーンを抱き締めたまま深呼吸をし、自分を落ち着かせている。

また、自分を抑えているのだ。

アイリーンはオルキスを抱き返し、頼りがいのある大きな背を、小さな手で撫でた。

「……あなたは、とても凛々しい騎士団長。戦場では、きっと先陣を切り、雄々しく戦いになられるのでしょう。けれど、本当は……とても、優しいお方」

「……」

「私に無理をさせないように。私を傷つけないように。そう考えていらっしゃるのね」

「……俺の、心を」

「読めません。読めませんが、今なら分かるのです」

欲望のままに、紳士的な仮面を脱ぎ捨ててアイリーンを抱いてしまう事を恐れている。


——めちゃくちゃに、してやりたい。


骨が軋むほど強く抱き締め、己の中で暴れる欲望という名の獣を抑えているオルキスに、この時、アイリーンは泣きたくなるほどの愛おしさを感じた。

アイリーンをどう思っているのかと尋ねた時、オルキスは、嫌いではないと言った。

そんなの、嘘。今の彼を見れば一目瞭然だ。

「ねぇ、オルキス様。あなた……そんなに、私を愛おしく思ってくださっているのね」

「……それは、違う」

「いつから、私を想ってくださっているの？　舞踏会の夜に、ワルツを踊った時から？　その時、あなたはもう、私に好意を抱いてくださっていた。じゃあ、もしかして……初めてお顔を合わせた時から？」

アイリーンは微笑んだ。

二人きりで過ごす時間を増やし、不器用なオルキスのためにアイリーンから心を開いて告白し、彼の表情を観察して、声色を聞き分け、からかいながら、その口から言葉を引き出す。

うまくいかない二人の間に必要だったのは心の声が聞こえる丸薬ではなく、たった、それだけの事であった。

「違う。俺の衝動は……もっと、別の……君に抱く、ひどく醜《みにく》い欲望だ」

「いいえ、オルキス様」

「君には、分からない」

「分かります。胸が、苦しいほどに」

アイリーンは、語尾を荒くして吐き捨てるオルキスの肩を、宥《なだ》めるように叩いた。

アイリーンだって、オルキスの心が知りたくて、自分を抑えられずに、心の声が聞こえる薬を飲んでしまった事がある。

「私だって……同じように自分を抑えられない時くらい、あるのですよ」

に焼き付ける。

「はい。誰にだって、あるでしょう。オルキス様の場合は、私を愛おしいと思ってくれているからこそ、欲してくれているのだと、私は思っています」

アイリーンは根気よく相槌を打ちながら、オルキスが初めて見せてくれた心の内を、耳に焼き付ける。

オルキスが溜息を吐き、吐き出すように囁いた。

「……こんな姿を、君に見せるとは……本当に、情けない」

「情けなくありません」

皆の前では、強くて寡黙、誉れ高い騎士団長。

しかし、アイリーンの前では欲望と弱い部分をさらけ出して、そんな自分が、どうしようもなく情けないと吐露する、ただの男の人。

「私は、そんなあなたを、お慕いしているのです」

「……アイリーン」

「だから、あなたが好きなように、私を……」

オルキスは、最後まで言わせてくれなかった。

アイリーンの唇に齧りついて、酸素を吸う暇すら与えず、口づけを施してくれる。

「……んっ……」

「……君も？」

「……俺は……君を護り、慈しみたいと、思っている」

「……ええ」

「だが……俺が、護るべき君を……この欲望で、傷つけてしまったら」

「構わないのです」

アイリーンは、苦渋の表情を浮かべるオルキスの唇を指で撫で、笑った。

「私になら、何をされても構わないと、おっしゃりましたよね。私もです……口に出さないだけで、あなたと同じ気持ちなのですよ。オルキス様」

「っ……」

アイリーンはオルキスと舌を絡め、全てを奪い取っていくような粗暴さを受け止めながら、やっとオルキスの本心に触れられた気がして、微笑んだ。

キスをしながら、オルキスの指が、太腿の奥に入り込んで媚肉を撫でていく。指が体内へと潜り込んできて、性急にかき混ぜられた。

アイリーンはオルキスに抱きついて、慎ましい喘ぎを零す。

「んっ、はぁ……」

あまり余裕がないのか、慣らすのもそこそこに、オルキスが雄芯を取り出してアイリーンの腰を持ち上げた。そのまま、体重を利用して身体を繋げる。

「っ、あ……！」

遠慮のない揺さぶりが始まった。

息も絶え絶えにアイリーンは顔を傾け、オルキスに口づけをねだる。すると、唇が腫れるほどの濃厚な接吻が返ってきた。

「オルキス、さま……」

「……アイリーン」

きつく抱き合い、想いを通わせた、この日。

アイリーンは、オルキスとようやく、本当の夫婦になれたような気がした。

◇

アイリーンは旅行鞄を開き、布に包まれている小瓶を取り出す。少し振ると、瓶の中身がころころと音を立てた。

「もう、これは要らないわね」

アイリーンは小瓶を眺め、ぽつりと呟く。結局、三粒しか飲まなかった。

コンコン。

扉をノックする音で、アイリーンは我に返る。どうぞと言う前に扉が開いたので、咄嗟に乗馬用のドレスのポケットに小瓶を押し込んだ。

「……準備は？」

「終わりました。オルキス様」

アイリーンは裾を伸ばし、オルキスが差し伸べてくる手に、自然と己の手を重ねる。

二週間は早いもので、明日には王都へ帰らなくてはならない。旅行の後半はオルキスと二人で過ごす時間が大半で、あれほど重苦しいと感じた沈黙も、今では気にならなくなっていた。

最終日の今日は、オルキスの愛馬に乗せてもらい、これまでも何度か足を運んでいる街へと遊びに行く事になっていた。

アイリーンは、オルキスにエスコートされながら別荘の外に出て、彼の馬に同乗させてもらった。鞍《くら》に横座りをして、軽々と跨ったオルキスの腕で、しっかりと支えてもらう。

丘を降りて街道を進む間、アイリーンはオルキスへと、しきりに話しかけた。

「王都へ戻ったら、真っ先に、陛下にお礼の挨拶に伺いましょう」

「ああ」

「きっと、私達がうまくやっているかどうか、気にしておられるでしょうね」

「……可愛がっている」

「陛下が私を、ですか？」

以前も、初夜に同じ台詞を聞いた気がするので、アイリーンは微笑みながら問う。

最近、オルキスの足りない言葉を、アイリーンは自分で補って、彼の真意と合っているか尋ねるようにしていた。うまく、彼と会話をするコツである。

しかし、この時、オルキスは沈黙した。肯定の返答はない。

アイリーンは首を傾げつつ、手綱を握るオルキスの手に自分の手を重ねた。

国王はアイリーンを娘のように可愛がってくれている。そしてオルキスも、この頃はアイリーンを、今まで以上に大切にしてくれていた。寡黙なところは相変わらずだが、遠慮がなくなってきて、毎夜のようにベッドを共にしており、それこそ、可愛がって……。

突然、アイリーンは、先ほどのオルキスの返答の意味を理解した。一気に顔が熱くなる。

オルキスは赤くなって口ごもるアイリーンを見下ろし、涼しい顔で前に向き直った。

きっと、心の中で、反応が愛らしいなと考えているに違いない。


街へ着くと、アイリーンは地面に降ろしてもらい、街の探索を開始する。

トルエは、東方の国から入ってきた商人が、王都へ向かうために寄る商業の街だ。

そのためか、多くの露店が出ており、街を歩くだけで楽しい。旅行客や商人が多いため、オルキスが馬を引いて歩いていても、さほど目立ちはしない。

足取り軽く散策をしていた時、アイリーンは聞き覚えのある歌声を耳にして、勢いよく顔を上げた。

「この、歌声は……」

アイリーンはオルキスの手を引っ張り、噴水のある広場へと向かう。

そして、人だかりの中央でリュートを弾いて唄っている吟遊詩人の青年を見つけた。

「マヌエル……」

アイリーンは彼の名を呼び、懐かしさに目を細める。

マヌエルが屋敷に滞在していたのは、それほど前ではないのに、オルキスと婚礼を挙げてから色々とあったので、随分と前の出来事のように思えた。

彼は相変わらず美しい歌声と、美麗な容姿で、街の女性達の視線を奪っている。

アイリーンがマヌエルを眺めていると、少し強めに、手を引かれた。

「マヌエル?」

「あ……申し訳ありません、オルキス様。マヌエルは、あそこで唄っている吟遊詩人の名です。オルキス様と結婚する前に、エルシュタット家に一月ほど滞在していたのです」

「……」

「マヌエルは、色々な楽器に堪能だったので、私もピアノのコツを教わったのですよ。その関係で、親しくしてもらっていたのです」

特に考えもせず言い終えてから、オルキスが鋭い目線を吟遊詩人に向けたので、アイリーンは話を中断する。

オルキスは、興味を失くしたようにマヌエルから目を逸らし、アイリーンの手を引いて広場を後にした。リュートの音に合わせ、マヌエルの美しい男声で紡がれている恋物語が遠ざかっていく。

アイリーンは、速めの歩調で進むオルキスの背に、あの執務室で垣間見た彼を重ねた。

――誰にも、渡しはしない。

部下の騎士に、挨拶をされているアイリーンを見ただけで、激昂したオルキス。

彼は、アイリーンが、若くて麗しい吟遊詩人と同じ屋根の下で暮らし、仲良くしていたと聞いて何を思ったのか。

「……オルキス様」

「……」

オルキスの沈黙は、久しぶりに差し迫る、不安の予感だった。

「マヌエルは、母のお気に入りだったのです。母と同じ東国マライの出身だそうで、マライに伝わる唄をたくさん聞かせてくれたからです。私は、音楽に関する事を教わっただけで……兄達の言いつけで、二人きりになるなと言い含められていたのです。ですから、ご心配は要りません」

アイリーンは明るい口調を装って、マヌエルとの接点や、生活していた時の概要を説明してみる。

だが、オルキスからの返答は、なかった。


広場から離れて再び街の散策に戻ると、オルキスの様子はいつもと同じに戻った。相槌は返ってくるし、エスコートも紳士的だ。

アイリーンはほっと肩を撫で下ろし、オルキスの手を引いて、露店を見て回った。

「オルキス様。この革手袋、お似合いになるのでは？」

アイリーンは革製品の店の前で足を止め、オルキスを手招きする。丈夫な黒い革手袋を勧めてみると、彼は真面目な顔で受け取り、手にはめて具合を見ている。

「素材も丈夫そうですし、乗馬をする時に使えそうですね」

「ああ」

オルキスも気に入ったようで、ぶっきらぼうな口調で店主に値段を聞いている。

アイリーンは微笑ましく横から眺めていたが、ふと、隣の店で売っているアクセサリーに目を奪われた。オルキスが会計をしている間、隣の店の商品を覗いていたら、真横に立った人物からトントンと肩を叩かれる。

アイリーンが顔を上げると、笑みを浮かべている旅装束のマヌエルが、視界に飛び込んできた。

「お久しぶりです、お嬢様。お見かけしたので、思わず声をかけてしまいました」

「え、ええ。久しぶりね、マヌエル」

「まさか、こんなところで会えるとは思いませんでした」

「私もよ。トルエに滞在していたのね？」

「はい。あなたに会えて、よかった。少し、お話があるのです。こちらへ」

「えっ」

手を引かれ、アイリーンは素早く脇の路地へと連れ込まれた。

「マヌエル！　オルキス様が、心配なさるわ」

「話は、すぐに終わります」

薄暗い路地で立ち止まり、マヌエルがアイリーンと向き直る。

「お嬢様。とても、お綺麗になられましたね。結婚された方は、確か騎士だとおっしゃっておられましたか。うまくいっているようで何よりです」

「ええ。ありがとう。話って？」

アイリーンはオルキスが気になってならず、何度も後ろを振り返った。できるだけ早く戻らなければ。

マヌエルが、微笑んだまま直球で尋ねてくる。

「私がお渡しした例の薬は、飲まれましたか?」

「っ、飲んだわ。そう、その事なのだけれど」

アイリーンは、ポケットに入れっぱなしだったのを思い出して、小瓶を取り出した。マヌエルに差し出す。

「折角頂いたものだけれど、もう要らないわ。不思議な声が聞こえてしまうの。あなたに再会できたのも何かの縁ね。これ以上は手元に置いておきたくないから、お返しするわ」

一瞬だけ、驚いた表情を浮かべたマヌエルだったが、すぐに微笑を深めた。

「その丸薬の特別な効果を知ったのに、要らないとおっしゃるのですね。やはり、とても聡明な方だ」

「私は聡明じゃないわ。効果を知り、二度も誘惑に負けて飲んでしまったもの」

「たった、それだけしか使わなかったのですね」

「副作用も心配だったから」

「副作用なら心配ありません。薬草を煎じて作られたものですから、身体に害は無いと思いますよ」

「そう……いずれにせよ、今の私には必要ないの。受け取ってちょうだい」

「できません。私には、不要なものなので」

「どういう事?」

「心の声を聞きたいと狂おしいほどに願った女性は、もうこの世には居ませんから」

「っ……」

マヌエルが笑みを湛えて告げた事実に、アイリーンは絶句する。

屋敷に居た頃、マヌエルは愛する女性が居るのだと、語っていた。

「彼女は、とうに、はやり病で亡くなっております。ですから、私には不要なのです」

「……マヌエル」

「同情して頂くために、お話ししたわけではありません。もともと、その薬はマライで暮らしていた頃、知り合いの年老いた呪術者から、唄の礼としてもらったものです」

マヌエルが腕に抱えたリュートを、ぽろろんと鳴らす。

「東国マライには、昔から不思議な力を持つ呪術者達が居て、今もひっそりと生きております。かつては、地方の領主様が気になる娘の心を知りたいからと、とある呪術者に作らせた薬のようです。それが代々伝わり、私に薬をくれた呪術者の家系のみが、その生成方法を知っているそうですよ」

「……そうだったのね」

アイリーンの母の出身国、マライ。海を渡った向こうにある、その国は、モントール王国とは違う風習が多くあるらしい。服装も、こちらとは違うとか。

「恋は盲目と言いますが、まさにそうですね。きっかけとなった領主は、その薬を飲んで娘の心を確かめ、我が物にしようとしたのでしょう」

「マヌエル……あなたは、どうして、その薬を私にくれたの？」

「吟遊詩人は流れ者です。粗雑に扱われる事も多々あり、見た目の麗しさに惹かれて、後腐れのない愛人にしようと声をかけてくる方々が、この国にはとても多いのです。その点、エルシュタット家の皆さんは、私にはとても親切にしてくださいました。特に、お嬢様。あなたは私を音楽の師として慕ってくださいましたね。それが、私は純粋に嬉しかったのですよ。ですから、恋を知らないあなたに、贈り物として差し上げました」

「あなたは、とても物知りだったから……」

アイリーンはそこで一旦言葉を切り、手の中にある小瓶を見つめた。

その時、ふと、マヌエルの視線がアイリーンの後ろへと向けられたが、彼女は誰かが来たのだと気付かずに続ける。

「短い間だったけれど、私はただ、あなたから音楽を学ぶのが……とても、好きだったの」

「……やはりあなたは、素直で、聡明なお方だ。私には身に余るお言葉です」

マヌエルが恭しく一礼し、アイリーンの手を取って、甲に唇を押し付けた。

「美しいお嬢様。あなたの事を、これから先、私も忘れはしませんよ。あなたに差し上げたものは、あなたのものです。使うのも、捨てるのも、あなたの自由」

そこで、何故かマヌエルが困ったように笑って、アイリーンの手を素早く離す。

「また、お逢いできるのを楽しみにしております。近々、もう一度、王都にお伺いする予定ですから」

「そう……」

「それにしても……いつの時代も、恋というものは盲目だ」

マヌエルの言葉が終わると同時に、アイリーンは後ろから腕を摑まれた。ぐいっと引っ張られる。

「っ！」

弾かれたように振り向いたら、オルキスが瞳に冷たい光を宿して、立っていた。

「……姿が見えないと思い、捜し回った」

「オ、オルキス様。いきなり居なくなってしまい、申し訳ありません」

「そこの、男」

オルキスの目が、マヌエルを射貫いた。

「人の妻を勝手に連れ出し、斬り捨てられても、文句は言えないぞ」

「申し訳ありません。つい、美しいお嬢様と再会して、我を忘れてしまいました」

マヌエルが優雅に頭を垂れて、冗談めいた口ぶりで謝罪をする。

だが、あいにくと、オルキスには冗談が通じない。オルキスの唇の端が、ぴくりと微かに引き攣ったのを、アイリーンは見逃さなかった。

「オルキス様。たまたま、そこで会ったので、お話をしていただけなのです」

「……話とは？」

「それは……」

アイリーンは、小瓶を素早くポケットに隠す。丸薬の存在は、彼には言えない。

うまい言い訳を必死に考えていたら、オルキスが冷めた表情で目を逸らす。

「……いい。分かった」

「分かったって、何がですか？」

「……」

オルキスは無言で身を翻した。アイリーンの手を摑み、半ば強引に引きずっていく。

アイリーンが肩越しに振り返ると、マヌエルが苦笑を浮かべて見送っていた。

オルキスは、アイリーンを連れて街の入口まで行くと、彼女を馬に乗せて自分も跨る。

「オルキス様……っ、あ！」

いきなり、オルキスが手綱を引いたため、馬が早駆けを始めた。

アイリーンは振り落とされまいと、オルキスにしがみつく。

「……エルシュタット家の屋敷で、あの男と何があった」

走る馬の背で、消え入りそうな質問が降ってきた。

若い令嬢が、屋敷に滞在している吟遊詩人と懇《ねんご》ろな関係になってしまったという醜聞話は、社交界ではごろごろしている。それを危惧して、兄達は、絶対にマヌエルと二人きりにはなるなと、側仕えのメイドとアイリーンにきつく言い聞かせていたのだ。

オルキスが先刻の会話をどれだけ聞いていたか分からないが、アイリーンにその疑惑を抱いているのだと、詰問から彼女も察した。

「っ、何も、ありません。誓って、マヌエルとは……」

「では、俺の目を盗み、人けのない路地で何を話しこんでいた」

「そ、それは……あの……」

「答えられないか」

オルキスの声は、兵舎に忍び込んだ時と同じく、押し殺した苛立ちを孕んでいる。

このまま誤解が進めば、時間をかけて築いたオルキスとの関係が壊れてしまう。

アイリーンは、必死に言い募った。

「マヌエルとは、何もありません。ただ、師として教えを受けただけなのです。オルキス様が疑っていらっしゃるような関係ではありません。私の心に居る男性は、オルキス様だけです」

「……」

「どうか、信じてください。もちろん……身を許してなどおりません。誰よりも、あなたがご存じでしょう」

「……心は？」

「こころ？」

「身体は無垢《むく》でも、心は……無垢なのか？」

「！」

「君の心が、分からない」

オルキスが、絞り出すような声で言った。

「何も無いと言うのなら、俺に隠し事をする必要も、無いはずだ」

アイリーンは、言葉を返せなかった。

何かを言ったところで、今のオルキスには、言い訳にしか聞こえない。

「……俺には、君の言葉が真実か、分からない……信じたいのに、疑ってしまう」

アイリーンは両手で顔を覆った。言うべき事は、全て伝えた。

それでも尚、信じてもらえないというのなら、何を言えばいいのか、分からなかった。

それきり、別荘に着くまで、二人の間に会話はなかった。

今までで一番、重くて息苦しい沈黙だった。

第五章　愛の言葉

モントール王国、謁見の間。

「おお、戻ったのだな。旅行はどうだった」

王都の屋敷へ帰宅し、宮殿へと参上して報告に向かったアイリーンとオルキスだったが、国王の問いかけに双方、そっぽを向いて沈黙を保った。

国王が面食らったように瞬きを繰り返し、露骨に眉を寄せる。

「お前達、旅行をする前よりも、距離ができてはいないか?」

「……そのような事は、ございません」

アイリーンは、弱々しく答えた。帰りの馬車の中、オルキスは愛馬を従者には任せずに、自分で乗って帰宅した。

アイリーンはメイドに付き添われて馬車に揺られて帰ってきたのだが、道中は溜息ばかりで、気分は最低まで落ち込んでいた。

「一体、旅先で何があったのだ」

「……」

「……特に、何もありません」

根掘り葉掘り尋ねられるのが嫌なのか、オルキスは完全に沈黙を守り通しており、アイリーンも悩みすぎて、返答が疎《おろそ》かになってしまう。

アイリーンが唇を噛み締めて下を向いていると、国王は何を思ったのか、アイリーンに退出の指示を出した。

「アイリーン。私は、オルキスと話があるから、先に帰れ。確か、ヴィクターが宮殿の警護に来ていたな。そろそろ、交代の時間だろう。馬車の支度をするように指示を出しておくから、兄に連れて帰ってもらうといい」

「……分かりました。陛下」

「うむ、アイリーン。気を付けてな」

心配そうな眼差しを受け、アイリーンはドレスの裾を持って一礼すると、オルキスを置いて謁見の間を出た。

アイリーンが宮殿の使用人に付き添われ、とぼとぼと玄関ホールへと向かえば、国王の言った通り、騎士の甲冑を纏ったヴィクターが同僚のキールと、玄関の警護をしていた。

剣を腰に提げて扉の前で真っ直ぐ前を向き、黙って屹立している兄の姿を見た途端、アイリーンの頬には堪えていた涙が溢れ出す。玄関ホールに続く階段を降りて、声を殺して泣きながらヴィクターに歩み寄れば、妹の存在に気付いたヴィクターが身を強張らせた。

「アイリーン？　一体、どうした？」

「……ヴィクター……兄様」

「さっき、国王陛下のもとへ挨拶をしに行ったばかりじゃないか。何で、泣いているんだ」

アイリーンが涙を隠すように顔を伏せたら、彼女を案内してきてくれた使用人が、ヴィクターにそっと耳打ちする。

「まぁ……確かに、そろそろ交代の時間だが、俺は兵舎へ戻って報告書を書かないといけない。陛下の命で、アイリーンを屋敷まで連れ帰れって言われても、団長が居るじゃないか。何かあったのか？」

「……ヴィクター。陛下のご命令だろ。俺がここに居るから、お前が少し早めに上がっても問題はない。奥方様を連れ帰ってやれ。報告書なら、俺がまとめて書いておくし」

キールが、声をひそめて話しかけてくる。

その途端、ヴィクターが頭に被っていた兜を脱いで、笑顔になった。

「本当かよ、キール。これはラッキーだな、報告書を書くのは大の苦手だからさ」

「……うっ」

「冗談だよ、アイリーン。ほら、帰るぞ」

ヴィクターは、兄のふざけた台詞に涙ぐんでいるアイリーンを慌てたように宥め、手を引きながら宮殿から連れ出す。宮殿前のロータリーには、既に馬車が準備されていた。

アイリーンは兄に伴われて馬車に乗り込み、オルキスを置いて宮殿を後にした。

がたごとと揺れる馬車の中で、足を崩したヴィクターが早速、聞いてくる。

「一体、どうしたんだ」

「……オルキス様に、疑われて、いるのです」

「疑われるって、何を？」

「……旅先で、マヌエルに、会って……私と彼の間に、何か、あったのでは、ないかと」

アイリーンが鼻声で、途切れ途切れに説明をすると、ヴィクターは事情を察したらしい。

「なるほど。ありえないな」

「そうなのです……ありえません」

「俺とフィリップが目を光らせていたっていうのもあるけど、アイリーンとマヌエルじゃ、色気のある関係にはならないよ。顔を合わせれば、ひたすら小難しい音楽の話題で盛り上がっていて、口を挟む隙もない。どこからどう見ても、教師と生徒だった」

「……オルキス様は、それを、知りません。ですから、私とマヌエルが話しているのを見て、誤解されたのだと、思います」

「団長は、怒っているのか？」

「はい。少し、言い合いになって……それきり、口を利いてくれません」

「で、二人と謁見をされた陛下が、お前には、先に帰るように言ったと」

「……その通りです」

アイリーンの拙《つたな》い説明でも、ヴィクターは概要を理解してくれたようだ。

呆れたように溜息を吐き、背凭れに寄りかかった。

「旅行から帰ってきて早々、厄介事を持ち込んでくれたな。アイリーン」

「……ごめんなさい」

「いや、俺は構わないけどさ、団長の誤解を解いて機嫌を取るのは大変そうだなと。ちなみに、旅行中は団長と距離が縮まったのか？」

「はい……陛下のお陰で、とても、幸せなひとときを過ごしました」

「それは喜ばしい。団長に惚れ直したのか？」

「……惚れ直したかどうかは、分かりませんが、自分の想いを自覚しました」

「よかったな。お前は、明るくて気遣い上手なのに、変なところで鈍感だから、これでも心配していたんだよ」

ヴィクターが苦笑し、ハンカチで目元を拭っているアイリーンの頭を撫でてくる。

「恋を知って、泣いて、悩んでいる。妹の成長を見て、お兄ちゃんは嬉しいよ」

「お兄様……今は、真剣な話をしているのです。からかわないで」

「からかっていないさ。団長のご機嫌取りをする計画を立てる前に、お前の気持ちを確かめるのは、重要だろう」

「……」

「団長の、どこに惹かれた？」

アイリーンは鼻を啜《すす》ると、ヴィクターの興味津々な視線から、逃れるように顔を伏せる。

「……内緒、です」

「ふーん？」

「これ以上は、許してください……たとえお兄様でも、言えない事は、あるのです」

「ははっ。俺の妹は、本当に純情で、困らせたくなるほど可愛いな」

ヴィクターの明るい笑い声を聞いていたら、アイリーンの涙も引っ込んでいった。

「よし、アイリーン。泣きやんだか？」

「……はい」

「じゃあ、団長の誤解を解いて、機嫌を直すための計画を、俺が提案してやろう」

「お兄様の計画は、不安要素ばかりで、信じられません」

「いいから、お兄ちゃんの計画を聞け」

それまで飄々《ひょうひょう》としていたヴィクターが、急に真顔になって語り出す。

「まずは話す機会を作ってみろ。屋敷じゃなく、周りの目が、できるだけ多い時がいい」

「それは、どうしてです？」

「どこへも逃げられないからだ。団長の気性を考えてみろよ。たとえば、夜会の場でお前が話をしたいと申し出る。周りの目もあるし、兵舎の時みたいな強引な態度には出られない。冷静に話ができる。話を聞かれたくないなら、広間の隅かテラスにでも行けばいい」

「……」

「そこでもう一度、事情を説明してみろ。俺の意見が必要なら、後でいくらでも団長と話してやる。ただし、そういう時に注意すべきは……お前は絶対に、隠し事や、嘘を吐かない事」

ヴィクターの計画に聞き入っていたアイリーンは、息を呑んだ。

「相手を本気で説得するなら、それに見合う誠意が必要だ。まぁ、団長の受け売りだけど」

「……」

「何だよ。呆けた顔をして」

「いえ……お兄様が、ちゃんと真面目に考えてくれたのだなと、驚きました」

「だから、お前は、俺を何だと思っているんだよ」

ヴィクターが眉間に皺を寄せ、アイリーンの額を小突いてくる。

「まぁ、いい。それで、計画の仕上げは、この後だ」

アイリーンは、ごくりと唾液を飲みこんだ。もったいぶるヴィクターの、言葉の先を待っていると、彼は言った。

「説得をして、団長の心が揺らいだところで……誓いのキス」

最後の最後で、吐息混じりに囁いたヴィクターにウインクをされ、アイリーンは一気に脱力する。

「はぁ……お兄様のお陰で、何だか、元気になった気がします」

「それは、よかった。落ち込んでいた妹を元気づけられて、お兄ちゃんも、ほっとしたよ。で、決行はいつにする？」

「次の夜会でしょうか……。いつ、誰に招かれるかは、分かりませんが」

アイリーンは物憂げな視線を、窓に向けた。

兄の提示してくれた計画を、実行するかどうかはともかく、今までの彼とのやり取りを思い返せば、オルキスとは話し合う必要があるという事は、考えるまでもなく分かる事であった。

◇

アイリーンが謁見の間を出て行った後、オルキスは国王の険しい視線にさらされていた。

「して、オルキス。この二週間、何をしておったのだ」

「……」

「お前には話してあるはずだ。私は、アイリーンの名づけ親だ。幼い頃から、実の娘のように思っておる。それゆえ、お前に託したのだぞ」

「……承知しております」

「お前達は夫婦だ。きっかけは与えるが、口を出すつもりはなかった。しかし、私はアイリーンの父、先代のエルシュタット侯爵と親友だった。名づけ親になり、娘を託されたも同然なのだ。そのアイリーンは今や、美しく聡明に成長した。だからこそ、お前に問う。……あの娘の、何が気に入らぬ」

「誤解されております。陛下」

温厚な国王の怒りを肌で感じたオルキスは、片膝を突いて頭を垂れる。

「不満など、あるはずもございません。アイリーンは優しく明るい女性です。むしろ、このような堅物の私には、もったいないほどの、素晴らしい女性だと思っております」

「……」

「仲が悪くなったわけでは、ありません。旅行中、私を導いてくれるアイリーンのお陰で夫婦としての絆を深めて参りました。ただ……」

「ただ、何だ」

「……些細なすれ違いが、生じまして」

オルキスがすれ違いの内容を濁すと、国王が溜息を吐いた。

「つまり、夫婦喧嘩をした。そういう事か？」

「はい」

「まったく、人騒がせな。アイリーンが泣きそうな顔をしておったのは、そのせいか」

「……泣きそうな顔？」

「唇を嚙み、下を向いている時は、泣くのを我慢している時だ。幼い頃からそうであった」

「……」

「オルキス。お前が不器用な男であるとは、私とて承知している。だがな、あまり、泣かせないでやって欲しい。物心つく頃に父親が亡くなった時も、三日三晩、泣き通しだったのだ」

国王の言葉に、オルキスは深々と頭を下げる。きつく拳を握り締めていると、

「もうよい。顔を上げろ、オルキス」

「……はい」

「三日後、宮殿で夜会を開く。お前達も出席するように。それまでに、仲直りくらいはしておけ」

「……御意に」

オルキスは、片手を振って退出を促す国王に一礼すると、足早にその場を辞した。廊下に出て、ようやく人心地つく。

国王の怒りを浴びれば、さすがのオルキスとて緊張する。

オルキスは廊下を歩きながら、目線を足元に向けた。

――……あの娘の、何が気に入らぬ。

オルキスは自嘲《じちよう》気味に唇を歪める。

アイリーンを、気に入らないわけが、ないのだ。

オルキスは、アイリーンが幼い頃に顔を合わせている。彼女は覚えていないが、それも当然だろう。

当時のアイリーンは、まだ六つの幼子であった。

それは、忘れもしない、彼が十八の時の記憶――。

飛び級をして十六で騎士学校を卒業したオルキスは、十八歳の時点で、騎士団の中でも頭角を現していた。

いざという時にも冷静な判断ができ、飛びぬけて腕が立つ。寡黙だが人望もある。

そんなオルキスは、いずれ騎士団を率いる立場になるだろうと、上の者達も目をかけてくれていた。

国王もまた、若く有望なオルキスに声をかけてくれて、何度か夜会にも招待されていた。

オルキスが、アイリーン・エルシュタットと出会ったのは、宮殿で音楽サロンが開かれていた時の事であった。

オルキスは宮殿の警護にあたり、庭園の見回りをしていた。

その際、オルキスは庭園の一角で、少し調子外れな歌を口ずさみ、一人で散歩をしている少女を発見した。どこかの貴族の令嬢だろう。

ふわふわの金髪にエメラルドの瞳。愛らしい顔立ちには、笑みが浮かんでいる。

オルキスが遠目に眺めていたら、少女が彼の存在に気付いたようで、駆け寄ってきた。

「こんにちは。わたしのなまえは、アイリーンです」

きちんと礼儀は身に付けているようで、アイリーンと名乗った少女はドレスの裾を摘まんで、オルキスに向かって可愛くお辞儀をして見せた。

オルキスは、どう反応したらいいか分からなかったが、とりあえず頷いた。

「アイリーンは、六さいです」

「……」

「アイリーンは、ピアノをひきにきました。でも、ピアノといっしょに、おうたもうたえっていわれたのです。でも、アイリーンは、おうたがにがてです」

たどたどしい口調で、聞いてもいないのに、アイリーンが説明を始める。

オルキスは黙って聞きながら、とりあえず、この少女は保護すべき対象だと判断した。

一人で宮殿内の庭園を歩いていたという事は、迷子になっている可能性もある。

「だから、こっそり、ひとりで、れんしゅうしていました。でも、やっぱり、アイリーンはおうたが、にがてです。じょうずにうたって、よろこばせたいのに」

「……」

「あ、そうだ。おにいさん。アイリーンのおうたに、あどばいす、してください」

「……え?」

戸惑いの声を上げるオルキスの前で、アイリーンが歌い始めた。

めいっぱい背伸びをして、頬を染めながら歌っているが、少し音痴だった。

だが、耳に響く甲高い子供の声ではなく、幼いながらに、とても澄んだ歌声だった。

オルキスは、幼子にしては美しい歌声を持つのだなと、純粋に感心した。残念なのが音痴なところだが、そこは愛嬌だ。愛らしさで、いくらでも誤魔化せる。

歌い終えたアイリーンは、心配そうに見上げてきた。

「どうでしたか?」

ぱっちりとした大きな瞳に目を奪われながら、オルキスはぶっきらぼうに答える。

「……愛らしかった」

「あいらしい。それは、じょうずって、こと？」

「……まぁ、うん」

オルキスが頷くのを見て、アイリーンの顔に笑みの花が咲いた。

「よかったぁ。じゃあ、きかせたら、およろこびになるかしら」

「ああ、きっと」

「おにいさん」

アイリーンが手を伸ばし、オルキスの手を握ってくる。

「ほめてくれた、おれい」

「……？」

「こっち、こっち」

少女に手を引かれ、オルキスが向かった先は、宮殿の二階にある居住区。

若い騎士のオルキスと、アイリーンが廊下を歩いているのを見ても、貴族のご令嬢のお守りをさせられているのかと、微笑ましい目線がくるので、オルキスは居た堪れなかった。

「どこへ行く？」

「ここ」

アイリーンが連れて行った先は、防音設備のある広い部屋。それが、国王専用の音楽室であるとオルキスが知るのは、しばらく後の事である。

部屋の中央には、立派なグランドピアノが置かれていた。

アイリーンは躊躇なくピアノに駆け寄り、椅子に腰を下ろす。

「おにいさん。きいていて」

「おい、勝手に弾くのは……」

オルキスは咎めようとしたが、アイリーンが鍵盤を叩き始めると、それも尻すぼみになる。

アイリーンの足はペダルに届かず、手も小さいため、たまに音を拾いきれていない。

だが、しっかりと曲になっていた。暗譜《あんぷ》しているようで、楽しそうに微笑みながら、アイリーンは左手と右手を別々に動かし、曲を奏でていく。

六つの少女が奏でるには大人っぽい、少し物寂しい旋律を、オルキスはその場に立ちすくんで聞き惚れていた。

あっという間に一曲が終わり、アイリーンが椅子から飛び降りて駆け寄ってくる。

「のくたーん。どうでした？」

「……あ、ああ。上手だった」

「ほんとう？」

「君は、何者だ？」

オルキスが片膝を突いて、目線を合わせながら問うと、アイリーンはにっこりと笑った。

「アイリーン！」

「……家名は？」

「かめい？　おうちの、なまえ？　ええと、えるしゅ……えるしゅたっと」

アイリーン・エルシュタット。エルシュタット侯爵家の令嬢だ。

「おにいさんの、なまえは？」

「ただの騎士だ。名乗るほどの者じゃない」

「ただのきし、さま？」

「それは名前じゃない」

オルキスが溜息混じりに訂正し、おもむろに兜を外したら、アイリーンが目を丸くして顔を見つめてきた。

「きれいな、おかお」

「……」

「ふふ」

何を思ったのか、アイリーンが背伸びをし、オルキスの首に抱きついてくる。そして、頬に柔らかい感触。キスをされたのだと気付いたオルキスが固まっている内に、アイリーンが身を離して、ちょこんとお辞儀をした。

「ありがとうございました。アイリーンは、そろそろいかないと、へいかをしんぱいさせてしまいます。では、しつれいします。ただのきしさま」

アイリーンが、ぱたぱたと軽やかな足取りで部屋を出て行った後になって、オルキスはようやく我に返った。

「……待て。陛下と、言ったのか」

オルキスはアイリーンを追って廊下に出たが、彼女の姿はどこにも見えなくなっていた。

オルキスは戯《たわむ》れのキスを受けた頬に触れて、あれは天使で今の出来事も夢だったのではないかと、この時は半分、本気で疑っていた。

しかし、それ以来、音楽サロンに呼ばれて宮殿を訪れているアイリーンをたびたび見かけるようになり、あの少女は実在していたのだなと、オルキスは驚いたものだ。

とはいえ、一介の騎士と侯爵家の令嬢では身分が違いすぎて、オルキスではアイリーンに近付く事すらできず、たまに宮殿内で見かけ、いつも元気だなと見守る程度だった。

それから十二年の月日が流れ、オルキスも功績を挙げて出世し、騎士団長になっていた。

この頃、デビュタントを紹介する舞踏会で、オルキスは数年ぶりに彼女を目にした。

見事な金髪に、エメラルドの瞳。愛らしい微笑と礼儀正しいところは、幼い頃から変わっていなかった。

国王から、そのアイリーンと結婚しろと言われた時、見知らぬ女性と結婚させられるよりも少なからず接点があったアイリーンが相手だという事実に、オルキスは顔や態度には

ほとんど出さなかったが、乗り気であった。

そして、初めてワルツを踊った舞踏会の夜。

密着して踊りながら、成長した姿を間近で観察したオルキスは、アイリーンが幼い頃と変わらない愛らしさを残したまま、大人の美しさも得たのだと知り、心惹かれた。

そこから結婚までは、あっという間の出来事だった。

アイリーンは、明るく気遣い上手の、素晴らしい女性だった。寡黙で、どんな会話をすればよいかも分からず、誤解ばかりを与えてしまうオルキスとは違う。

しかし、アイリーンと結婚すると同時に、オルキスは自分の中に眠る薄暗い欲望の存在に気付いてしまった。自分を制御し、律する術に長《た》けているオルキスは、アイリーンの前では呆気なく余裕を失い、我慢さえできなかった。

愛らしい姿を見ると、どうしようもなく興奮して、乱暴にキスをしてやりたくなる。

優しくしてやりたいと思うのに、その反面で、自分の思うままに抱いて、声が嗄《か》れるほど泣かせてやりたくなる。

最終的には、めちゃくちゃにしてやりたい——と、騎士にあるまじき衝動がこみ上げてきて、オルキスはそれを、初夜に実行してしまった。初めての彼女が体調を崩すほど、抱いたのである。

幾度、後悔したかしれない。だが、終わってしまった事は、どうしようもない。

二度とやらないと心に誓い、アイリーンにもしばらく近付かず、触れないようにした。

だが、オルキスは二度目の過ちを犯す。騎士団の兵舎で、忍び込んできたアイリーンを見つけた時である。若い騎士に手を取られて跪かれているアイリーンを見て、オルキスは嫉妬して我を失った。またしても、失態を犯したのである。

オルキスは、アイリーンに対して抱く欲望が、彼女に好意があるからこそ、生じるものであると気付いてはいた。姿を見るだけで、キスをして抱き締めたくなった。

しかし、その欲望が度を超えていて、戸惑いが生まれ、自分でも何をするか分からなかったから距離を置いた。結果的に、それが彼女に不安を与える事になっていたのだ。

国王の配慮で、新婚旅行へと足を運んだ時。

穏やかな時間を共に過ごし、心を開いてくれたアイリーンが、告白をしてきた。

オルキスは、とても嬉しかった。彼もまた、アイリーンの愛らしさや聡明さに触れて、だいぶ前から同じ感情を抱いていたからだ。

けれど、素直に伝える事ができなくて、気付けばアイリーンに、己の醜い欲望について吐露していた。そして、彼女は、それすらも受け入れてくれた。

その出来事をきっかけとして、二人の距離は縮まった。オルキスもアイリーンに心を開き、持て余している欲望を制御してアイリーンと抱き合えるようになっていく。

オルキスは、アイリーンを心から愛し、何があっても護っていくと、結婚の誓いをした時のように、改めて誓おうと心に決めていた。

そう思っていた矢先、あの男が現れた。

かつて、アイリーンと同じ屋根の下で暮らしていた吟遊詩人マヌエル。

街で突然、居なくなったアイリーンを捜していたオルキスは、マヌエルと話している彼女を見つけたのである。

「短い間だったけれど、私はただ、あなたから音楽を学ぶのが……とても、好きだったの」

耳に飛び込んできたアイリーンの台詞には、マヌエルへの深い親愛の情が含まれていた。

オルキスは激昂し、アイリーンを連れてその場から離れた。

何を話していたのだと聞いても、アイリーンが何かを隠すようにはっきりとした答えを提示しないものだから、余計に苛立ちと疑惑が膨れ上がり、つい、余計な言葉をぶつけてしまったのである。

オルキスが嫉妬心を抑えこみ、冷静な状態でアイリーンから話を聞き、ひいては兄のヴィクターに当時の状況を聞く事さえできたら、疑惑は払拭されたのかもしれないのに。

……俺は、どうしようもなく、嫉妬深い男のようだ。

自分の仕出かしたいくつもの失態を悔いたオルキスは、苦々しく唇を歪めると、重たい足取りで宮殿を後にした。

三日後の夜会。アイリーンと仲直りできるかどうかが問題だが、あれほど彼女を責めてしまった手前、難しい気がする。

それでも、こんなところで仲違《なかたが》いをしたまま、アイリーンの心を失うわけにはいかない。

何を考えているのか分からないと、アイリーンは繰り返しオルキスに訴えてきた。

自分の気持ちは、言葉にしなくては伝わらないのだ。感情を舌に乗せるのは、口下手なオルキスにとっては難題だが、二人の間の溝がこれ以上は深まらないようにしたいと思っていた。

頭が冷えた今は、別荘でアイリーンが打ち明けてくれた真摯《しんし》な愛情を信じていたし、オルキスも自分の言葉で、彼女に愛を伝えたかった。

オルキスは重々しく、息を吐き出した。

◇◆◇

三日後。国王主催の夜会が開かれるとの事で、宮殿は招待された貴族で賑わっていた。

アイリーンは夜会用のイブニングドレス姿で、オルキスの手を借りて馬車を降りた。

夜会服姿のオルキスは、アイリーンをエスコートして、夜会が開かれる広間へ向かう。

アイリーンは深く息を吐いて、傍らを歩くオルキスを横目で見上げた。

すっかり見慣れた無表情。相変わらず、彼の思考は表情からは読み取れない。

ここ数日、オルキスは溜まっていた一か月分の職務を片付けるため、早朝に出勤し、帰りも遅かった。そのため、アイリーンがオルキスと話ができる時間は、ほとんどなかった。

別荘で過ごした時は、心を通わせ、側に居るだけで分かり合えている気がしたのだが、今は以前に逆戻りだった。

――まずは話す機会を作ってみろ。

ヴィクターの言葉を思い返し、アイリーンは軽く唇を噛む。今夜が、その機会だ。

――相手を本気で説得するなら、それに見合う誠意が必要だ。

アイリーンは、ポシェットの中に例の小瓶を入れてきた。オルキスに話すべきかどうか悩んだのだが、マヌエルとの関係を説明するために腹を括ったのである。

真実を伝えた時のオルキスの反応は想像もつかないが、少なくとも、好意的な反応は得られないと確信している。

それでも、アイリーンはオルキスに面と向かって、話す必要があった。

オルキスとの関係を、こんなところで壊したくないからだ。

宮殿の広間では、客人がシャンパンやワインのグラスを片手に、談笑をしていた。

広間の奥には小さなステージが設けられており、弦楽器を弾いて場の雰囲気をよくしている楽団がいた。ステージの隅には、ピアノも設置されている。

アイリーンはオルキスに連れられ、玉座にいる国王のもとへ向かおうとして、足取りを鈍らせる。

国王の隣に、にこやかに佇んでいる吟遊詩人……マヌエルがいた。

そういえばトルエで会った際に、マヌエルもこれから王都に向かうと言っていた。見目の麗しさと、堪能な音楽の知識が国王に気に入られたのだろう。

二人の諍いの原因とも言うべき吟遊詩人に、オルキスも目を留めて微かに口元を歪める。

「……オルキス様」

アイリーンは、立ち止まってしまうオルキスの手を取り、握り締めた。彼は感情の揺らぎが欠片《かけら》も見えない顔で、じっと玉座を見つめている。憤っている様子はなく、だからといって好意的な視線でもない。

真っ直ぐとマヌエルを見据える夫を横から見上げ、アイリーンは不安に心を揺らした。

オルキスが今、何を考えているのかと疑問を持った瞬間、あの丸薬の事が頭を過ぎる。

まさか、兵舎の時のようにアイリーンを連れ出したりはしないだろうが、せめて、マヌエルの存在をどう思っているのか、知りたかった。

今、ポシェットの中には、二度と飲まないと誓った心の声が聞こえる薬がある。

と、その時、オルキスの視線が玉座から逸れ、アイリーンへと向けられた。

「……陛下に、挨拶を」

オルキスは落ち着いた様子でアイリーンの手を引き、玉座まで連れて行く。

「おお、オルキス。アイリーン。よく来たな」

「お招き頂き、ありがとうございます」

「ありがとうございます、陛下。先日は、ご心配をおかけしました」

アイリーンは、極力、笑顔を保って挨拶をした。

オルキスも国王に気を遣っているのか、アイリーンの背中に手を添えてくれて、先日よりは距離が近い。

「ふむ。夫婦間の諍いは、夫婦で解決するものだ。喧嘩もほどほどにな。アイリーン。今日は、ピアノも用意してある。よければ、後で演奏を聞かせてくれ」

「はい、もちろんです。陛下の御心のままに」

二人の距離感を見て仲直りをしたのだと思ったらしく、国王が満足げに笑いながら、傍らに佇んでいるマヌエルを紹介してくれた。

「お前達にも紹介しよう。最近、宮殿に訪れた吟遊詩人だ。音楽全般に造詣が深く、話が合うのだ。唄も素晴らしいものだから、しばらく滞在する事になった」

「マヌエルと申します。どうぞ、以後お見知りおきを」

マヌエルが挨拶してくる。上機嫌な国王の手前、知り合いとは言い出せないようで、初対面を装っていた。

アイリーンも形式に倣って挨拶を返し、オルキスもまた、軽く頭を下げる。そして、挨拶もそこそこに、二人は玉座の前から辞した。

すると、すぐに宰相が話しかけてくる。

「オルキス殿」

「……宰相殿」

軽い挨拶を交わした後、ここ二週間不在にしていた分、積もる話があるようで、シャンパングラスを片手に二人は話し始めた。

アイリーンはシャンパンで口内を湿らせながら、仕事の顔で宰相と話しているオルキスから少し離れた。広間を見回していたら、長兄フィリップの姿を見つける。

フィリップとは久しぶりに顔を合わせるので、折角だから挨拶をしに行こうと足を踏み出した時、後ろから手首を取られた。

「……どこへ？」

宰相との話を中断したオルキスが、透き通るサファイアの瞳で、彼女を強く射貫いた。

「フィリップ兄様を見つけたので、ご挨拶してきます。お話をしていらしたので、声をかけませんでした。申し訳ありません」

オルキスが頷いて、手を放してくれる。

アイリーンは握られた手首をさすりながら、フィリップのもとへ向かった。

フィリップの妻である侯爵夫人は妊娠しており、田舎にある屋敷で出産準備をしているため、今日は一人で出席しているらしい。知り合いとの話が終わったのを見計らって近付いていくと、フィリップが気付いてくれて、笑いかけてくる。

「アイリーン。久しぶりだな。元気にしていたか？」

「はい。フィリップ兄様も、お元気そうで何よりです。お義姉様のご様子はどうなのです？」

「順調だそうだ。来月にも生まれるかもしれない」

「おめでとうございます。男の子だと跡継ぎになるので嬉しいですが、女の子でも、きっと可愛いでしょうね」

「ああ、そうだな。名前を考えているのだが、なかなか思い付かん」

オルキスほどではないが、普段は寡黙な兄は義姉の話題を振ると途端に饒舌になる。兄夫婦は仲がいいのである。

アイリーンは、ほんの少し羨ましく思いながらも、久しぶりにフィリップと語った。

ヴィクターの名前を出すと、フィリップは露骨に顔を顰め、あいつは本当にふらふらしていて困ると文句を言い出す始末。

それが面白くて、アイリーンが声を殺して笑っていた時だった。

「こんばんは。お嬢様、旦那様」

「マヌエルか、久しいな。国王陛下に紹介された時は、驚いたぞ」

「幸運にも、私の唄が陛下に気に入って頂けたようです。しばらく、こちらでお世話になりますので、またよろしくお願いします」

アイリーンが身を強張らせている間に、マヌエルはフィリップと和やかに会話をし、視線を送ってきた。

「お嬢様も、お久しぶりです。今夜もまた、格別に美しい」

「……ええ。ありがとう」

「アイリーン。すまない、ご挨拶をしてこなければならない相手がいらっしゃったようだ。少し、ここで待っていてくれるか」

どうやら、フィリップが知人を見つけたようで、すぐに戻ると言い残して挨拶に行ってしまった。予期せず、マヌエルと二人きりにされ、アイリーンは動揺する。

落ち着きのないアイリーンを見て、マヌエルが微笑む。

「頭から取って食うわけではありませんから、そんなに動揺されずとも。侯爵様も、すぐ戻られるでしょうし、私と話すのはお嫌ですか？」

「そういうわけでは、ないのだけれど……」

「あの騎士殿が気がかりなのですね。先日も、私を射殺《いころ》しそうな目で睨んでおりました」

「……」

アイリーンはオルキスに目をやる。彼は宰相と話しこんでおり、こちらには注意を払っていない。

「先ほど、陛下が夫婦喧嘩と申されておりましたが、よもや私のせいで、騎士殿と何かありましたか？」

「……実は、そうなの。あなたと私の関係を、勘違いしていらっしゃるみたい。今は、結婚したばかりの頃のように、オルキス様が何を考えているのか分からなくなってしまって……仲直りのきっかけも、なかなか作れないの。だから、あなたとはあまり二人で居たくないのよ。本当に、ごめんなさい」

「なるほど。そうでしたか。私のせいで、申し訳ありません」

「謝らないで。私のせいでもあるのよ。そういう理由だから、フィリップ兄様が戻ってくる前にオルキス様のところへ戻るわね。また、美しい唄を聞かせてちょうだい。楽しみにしているわ」

「……」

「じゃあ、私はこれで」

「お待ちください、お嬢様」

マヌエルに、少し低めの声で呼びとめられたので、アイリーンは振り返る。

「何かしら？」

「例の件なのですが、今日は、現物をお持ちですか？」

「え？　ああ、そうね。たまたま、持っているわ」

「では、今、それをお返し頂く事はできますでしょうか」

マヌエルの突然の言動に、アイリーンは戸惑った。以前、返そうとした時に、アイリーンに贈ったものなので好きにしろと言って付き返してきたのは、マヌエルのほうだった。

「もともと、あなたが持っていたものだし、そう言うのなら、お返しするわ」

オルキスに説明するために持ってきたものだが、現物があったところで信じてもらえるかどうかも怪しいため、アイリーンはポシェットから小瓶を取り出し、彼に差し出す。

小瓶を受け取ったマヌエルは、にっこりと笑うと、おもむろに蓋を取った。

「お嬢様。どうか非礼を、お許しください」

「何を言って……」

呆けた声を上げた瞬間、マヌエルがアイリーンの口元に、素早く何かを押し当ててきた。喋っている途中だったため、中途半端に開いた口の中へと丸薬が転がりこんでくる。

「ちょっと、マヌエル……っ」

アイリーンは驚き、思わず丸薬を飲みこんでしまう。

マヌエルは澄まし顔をして、流れるような動作で小瓶を胸元にしまった。一瞬の出来事だったので周囲の誰も、気付いていていない。

アイリーンは両手で口を押さえて、マヌエルに非難の眼差しを向けた。

「マヌエル。どうして、飲ませたの?」

「私は、お嬢様の味方です。あなたは聡明すぎます。相手が好きなら、少しくらい『ずる』をしたって、誰も叱りません。私も責任を感じているので、一肌脱いだのですよ」

アイリーンは笑みを絶やさないマヌエルを軽く睨み、足早にオルキスのもとへ戻る。

すると、オルキスも宰相との会話を終わらせて、アイリーンのもとへ向かってくるところだった。

「オルキスさ……」

(――また、あの男と居たのか)

今ではもう、懐かしいとさえ感じる、オルキスの心の声が耳に飛び込んできた。

オルキスは険しい表情でアイリーンを引き寄せ、マヌエルを睨んでいる。

(――フィリップはどうした。何故、アイリーンがあの男と話をしている)

「っ……最初は、フィリップ兄様と話をしていたのです。ですが、お知り合いのもとへご挨拶に行かれて、その際、マヌエルが挨拶をしに来ただけです」

(――ならば、偶然、声をかけてきたというのか?)

「ええ、そうです。偶然、声をかけられて……」

「?」

オルキスが、怪訝そうな目で見下ろしてくる。

その瞬間、アイリーンは、大きな過ちを仕出かしてしまったと悟った。

混乱するあまり、心の声に相槌を打っていたのだ。

(──俺は何も喋っていない。アイリーンは、どうして、俺が疑問を抱いている事に対して答えたのだ)

「あ……」

(──……アイリーン？)

青い両目で顔を凝視された。オルキスは一言も喋っていないのだが、目線だけでも、アイリーンを疑っているのが見て取れた。

(──何か俺に隠しているな。もしかしたら……言えないような事なのか。たとえば)

オルキスが、ちらりとマヌエルを見やる。

(──あの男と、関係がある事だとか。俺に言えない秘密が、アイリーンには、いくつもあるのだろうか)

「いいえ、オルキス様」

アイリーンは、大きく首を横に振った。オルキスの腕をしっかりと握り締める。

「違うのです。これには、事情があります」

「……俺は何も言っていない」

「っ……」

「何故、俺の考えている事が分かる？」

（――信じがたいが、俺の心を読めるのか。思えば、今までも何度か、俺が何も言わずとも思考を当ててくる時があったな）

もはや、オルキスの疑惑の眼差しは、完全にアイリーンへと向けられていた。

まさかこのタイミングで、オルキスに『声』の件で疑いを抱かせる事になろうとは思っておらず、アイリーンは動揺のあまり後退する。

（――何を隠しているのか、話してくれ）

「あ……」

（――もしも、俺の心が読めるのならば、聞こえているはずだ。それとも、俺には話せないほど、君は俺を信頼していないのか）

「違います！」

アイリーンは声を大きくして、オルキスの手を握り締めた。

周囲で談笑していた貴族達が、驚いた目で二人を見てくる。

しかし、アイリーンには、好奇の視線を気にかける心の余裕はなかった。

「違うのです。そうではありません」

「……」

「あなたには今日、全てをお話ししようと思っていたのです。あなたには言えない理由が、ありました。ただ、それは……あなたを信頼していないからでは、ないのです」

アイリーンは唇を噛み、後悔で零れ落ちそうになる涙を見せたくなくて、俯いた。

(──君はやはり、俺の心が分かるのだな)

オルキスの手が頬に添えられる。上を向かせられ、瞳を覗き込まれた。

(──その理由、とは？　嘘を吐いたら、すぐに分かる)

端整な顔立ちは無表情。そして、瞳の奥に宿る光は冷たかった。

もちろん、そうだろう。誰だって、知らない内に心を読まれていたと知れば、憤って当然なのだから。

一度口を開いてしまえば涙が溢れ出しそうで、アイリーンが答えられずに黙っていたら、広間に朗々と国王の声が響き渡った。

「アイリーン」

アイリーンがぴくりと肩を揺らすと、オルキスも顔を離す。どうやら、二人は広間で注目の的になっていたようだ。

アイリーンがオルキスと共に玉座へと足を向けると、いつの間に戻ったのか、マヌエルは玉座の脇に控えている。

マヌエルと目が合うと笑いかけられたが、アイリーンは無視をした。

「……お呼びでしょうか。陛下」

「久しぶりにピアノを聞かせておくれ。結婚してから、アイリーンの演奏を聞いていないのでな」

アイリーンとオルキスが貴族達の好奇心の矛先になっていると、国王も広間の様子を見ていて気付いたのだろう。二人のやり取りを、あそこで強引に終わらせたのは、これ以上は社交界で噂の種にされかねないと判断し、配慮した、国王の気遣いだとアイリーンとて察していた。

「かしこまりました」

アイリーンは強引に頬を緩めて微笑を浮かべると、広間の奥に設置されているステージに上がった。

設置されている椅子に腰を下ろし、白い鍵盤を見下ろす。

——信じがたいが、俺の心を読めるのか。思えば、今までも何度か、俺が何も言わずとも思考を当ててくる時があったな。

不意に、オルキスの言葉が脳裏を過ぎった。

そうではないと、アイリーンは心の底から叫びたかった。心を読んでいたのは、最初の頃だけ。確かに、オルキスに『心を読めるのか』と問われた時もあった。

しかし、それはアイリーンがオルキスの心の声に頼るのではなく、表情や声色から彼の反応を読み取るようになっていた頃の話だ。

アイリーンが心の声を聞き、理解したのは、薬が効いていた時だけ。つまり、彼の心のほんの一部でしかない。思考の全てが、分かっていたわけではないのだ。

――……俺には話せないほど、君は俺を信頼していないのか。

それも違う。アイリーンは凛々しいオルキスを尊敬し、憧れていた。信頼していなかったから、話せなかったのではない。

アイリーン自身が、彼の心を読んでいると知られて軽蔑《けいべつ》されるのが怖かっただけだ。

アイリーンは鍵盤に手を添えたまま、動けなくなった。

今まで生きてきて、ピアノを弾いている時は、いつだって楽しかった。周りの事が目に入らなくなるくらい集中して、音の一つ一つを奏でていく瞬間が彼女の喜びであった。

それなのに、今は……国王のために何の曲を弾こうかと考えたくとも、頭の中はオルキスとのやり取りでいっぱいだった。

曲を奏でていた楽団は楽器を置き、貴族達はグラスを片手に、今か今かとアイリーンの演奏を待っている。玉座からは、国王が期待の眼差しを彼女に注ぎ、音楽の師として仰いでいた吟遊詩人マヌエルもまた、微笑して見守っていた。

アイリーンは、ピアノの鍵盤から静まり返った広間へと目線を移す。

ステージから少し離れたところに佇んでいる、オルキスと視線が絡んだ。無言で、彼女の演奏を見守っている。

――君は、何者だ？

ふと、一瞬だけアイリーンの頭に蘇《よみがえ》ったのは、幼い頃の記憶。

若い騎士の前でピアノを演奏した事がある。幼すぎて細かくは覚えていないが、彼も今のオルキスとアイリーンと同じ距離感で、演奏を見守ってくれていたのだ。

幼かった頃は何も考えずに、ただただピアノを弾くのが楽しくて、聞いている人に喜んでもらいたくて弾いていた。

たった一人の観客のためにピアノを弾いた当時の彼女も、きっとそうだったのだろう。

「……っ」

アイリーンは震える手を、鍵盤の上から退かした。

幼い時に出会った騎士の顔は、今はもう思い出せない。

その代わりに、薄らと残っている記憶と同じ位置で、夫となった騎士が見守っている。

「……だめ」

アイリーンは消え入りそうな声で囁き、下を向く。

――嘘を吐いたら、すぐに分かる。

アイリーンの目尻に涙が溜まり、視界が歪んできた。

オルキスに真実を話そうと、覚悟を決めていたのだ。嘘を吐くなんて、ありえない。

「だめ……もう、演奏、できない……」

オルキス。オルキス。頭を占めているのは、彼の事ばかり。

これでは演奏に集中できるはずもない。

静寂に包まれたステージの上で、アイリーンはとうとう、両の瞳から大粒の涙を溢れさせた。一度、涙が溢れたら堰を切ったように、嗚咽《おえつ》が止まらなくなる。

「……っ……う……」

アイリーンが壇上で泣き始めると同時に、誰かの足音が近付いてきた。彼女を観衆の目から遮るように立って、肩を抱き寄せてくれる。

「……陛下の命だ」

(——君が泣き出したのは、きっと俺のせいだな)

「早く、弾くんだ」

(——君の涙を拭って、君と話がしたい。だが、ここでは無理だ)

「アイリーン」

(——君が望むのなら、今すぐ、ここから連れ出してもいい)

オルキスの唇から紡がれる言葉と心の声が、交互に聞こえてくる。

包容力のある大きな手が、膝に置かれたアイリーンの手に重ねられた。

「返事がないが……俺の声が、聞こえているのか?」

（――これ以上、君の泣き顔を、他の者に見せたくない）

アイリーンはぽろぽろと泣きながら、耳から入って心に届いた声に、こくりと頷いた。

「……もちろん……聞こえて、います……」

そして、オルキスの手の温もりを感じながら、アイリーンは自分の望みを口にする。

「…………ここ、から……つれ、だして」

「承知した」

オルキスが淡々と答え、身を屈める。アイリーンの肩と膝の裏に腕を差しこみ、ひょいと持ち上げた。

「っ！」

「陛下。妻の気分が優れないようですので、本日の演奏は、ご容赦ください」

アイリーンを腕に抱え、堂々とした声で言い放ったオルキスが壇上で一礼した。

堅物で有名な騎士団長が、いきなり泣き出した妻を抱きかかえて、国王に演奏の辞退を申し出る。まさに、これからしばらくは社交界で話題の種になりそうな出来事であった。

広間が静まり返り、全員が国王の反応を待っていた。

すると、一部始終を眺めていた国王は、機嫌を損ねるどころか上機嫌で笑い声を上げる。

「その申し出、許す。アイリーンには後日、演奏を聞かせてもらうとしよう」

「感謝いたします。妻を休ませたいので、一度この場を退席してもよろしいでしょうか」

「構わん。行け」

最後まで堂々としたオルキスは、国王に許しを得ると、周りには目もくれずに広間を横切った。

童話の中で王子が姫を扱うように妻を抱きかかえ、広間を出るオルキスの腕の中で、アイリーンは涙も引っ込み、両手で火照る顔を隠していた。

皆が、唖然として二人を見ていた。その中には、兄のフィリップの姿もあった。

泣いているアイリーンを連れ去ってくれたのは嬉しいのだが、それを上回る恥ずかしさに赤面していたら、オルキスは宮殿の庭園が見渡せるテラスへと彼女を運んでくれた。

「……オ、オルキス様。もう、降ろしてください」

(——ここまで来て、降ろす必要はないだろう)

聞き流したオルキスはテラスから庭園へと続く、石造りの階段を降りていく。そして、白いベンチに彼女を降ろした。

月明かりと宮殿の窓ガラスから溢れる夜会の光が、庭園を照らし出しているので、さほど暗くはない。相手の表情が見える程度には、明るかった。

アイリーンはポシェットからハンカチを取り出したが、それより早く、跪いて目線の高さを合わせてきたオルキスの指で、目元に残った涙を優しく拭われる。

「……君の話を聞かせてくれないか」

オルキスに話を聞きたいと乞われたのは、初めてだった。いつもは、逆の立場だ。

アイリーンは泣き笑いの表情で首肯し、重たい口を開く。

「オルキス様がおっしゃった通り、私には、あなたの心の声が聞こえます。何を考えているのか、どう感じたのか。声になって、私の耳に届くのです」

「……今まで、ずっとか?」

「いいえ。聞くためには条件があるのです。マヌエルが屋敷を去る時に、私にマライでもらったという、とある薬をくれました。それを飲むと、効果の続く一週間だけ、声が聞こえるのです」

「薬?」

「はい。美容にいいと言われ、もらった丸薬です。それを飲んだ後、舞踏会に出席して初めて、あなたの声を聞きました。最初は信じられませんでしたが、心の声とあなたの行動が一致しているので、信じざるをえなかったのです」

「今日も飲んだのか」

「今日は……先ほど、マヌエルと話をした際に、飲まされたのです。私の意志ではありませんでした」

「……」

(——吟遊詩人にもらった薬か。非現実的な話だ。しかし、こうして、心の声を読み取ら

れる状況を目の当たりにしている。信じるしかないだろう）

オルキスが微かに眉を寄せた。信じられないのは、当然である。

これだけ声を聞いているアイリーンも、未だに疑ってしまうのだ。

「……オルキス様。あなたに、謝らなければならない事が、あるのです」

「声を聞いていた事か」

「それもですが、あなたの本音を聞きたいがために……私は効果を知った後も二度、自分の意志で薬を飲みました。本当に、申し訳ありませんでした」

「それは……」

アイリーンの告白を聞き、オルキスが両目を瞑《つぶ》って沈黙した。心の声も聞こえなくなってしまう。

アイリーンは息を殺して、反応を待った。どのような叱責を受けても、仕方がないと心を決めている。

（――……つまり、俺の声を聞き、知りたい事があったのだな）

「オルキス様の心が、知りたかったのです」

「……俺の、心」

「あなたは普段から口数が少なく、表情にも出されませんから、何を考えているのか分からない時がたくさんありました。それで、つい……誘惑に負けて、飲みました」

「……そうか」

両目を開けたオルキスの返答は、あっさりとしていた。責められる気配はない。

「私を、怒らないのですか？」

（――怒る理由が、ない）

オルキスは沈黙で応じた。心の声を聞いても、怒るつもりはないようだ。

「心の声を勝手に聞いていたのですよ。怒るのが、当然の反応です」

「自覚がある」

「自覚？」

「寡黙すぎて、君に誤解を与えているという自覚だ」

「オルキス様……」

「確かに、いい気分はしない。だが、君はずっと、俺と会話をしようとしてくれていた。俺を知るために、その手段を選んだのなら、君を怒れない」

（――君を悩ませ、泣かせておいて、怒れるはずもないだろう）

オルキスの両手が、アイリーンの頬を包み込む。

「アイリーン……一つ、聞かせてくれないか」

「何でしょう。オルキス様」

「マヌエルと話していたのは、その薬の件なのか」

「……はい」

「だから、俺に言えなかった」

誤解が、ようやく解ける。アイリーンは、またしても鼻の奥が熱くなるのを感じた。

「その、通りです……あの日、トルエの街でマヌエルと会い、薬の件で聞きたい事があると彼に呼ばれたのです。そこで、薬の効果や副作用について詳しく聞きました」

「……」

「ですが、誓って……誓って、それだけなのです。私とマヌエルは、教師と生徒のようなもの。屋敷では始終、音楽の話ばかり、していたのです。ヴィクター兄様に、聞いて頂いて構いません。フィリップ兄様も、きっとお話ししてくれるでしょう。マヌエルと居る時は、必ず側にメイドが付き添っておりました。それも、メイドに話を聞けば……」

「分かった」

(――君を信じる。だから、それ以上、言う必要はない)

オルキスの腕が、アイリーンを抱き締めた。

(――これは、俺の嫉妬深さが招いた誤解だ)

「いいえ。私にも、やましい事があったのです。だから、あなたに誤解されても、仕方が無かったのです……申し訳、ありません」

「……アイリーン。泣くな」

今日は、涙腺が壊れてしまったようだ。

アイリーンの目尻から溢れ落ちる涙を、オルキスが丁寧に拭っていく。

「私の気持ちは、変わっておりません。あなたを……あなただけを……」

そこから先は嗚咽にかき消え、言葉にならない。

アイリーンがオルキスの肩に顔を押し付けて泣いていると、優しく髪を撫でられた。

しゃくり上げる声が響く庭園で、ぽつりと、彼が言う。

「最近、気付いた……俺は存外、嫉妬深い男のようだ」

「……え？」

「君も、知っているかもしれないが……俺は、君が他の男と居るだけで……嫉妬する」

アイリーンは驚いて、顔を上げた。

オルキスが顰め面をしている。それを皮切りに、彼の口から心情が紡がれていった。

「俺が抱いているのは、醜い感情ばかりだ。君を誰にも渡したくない、俺のものだと……そう思うと、勝手に身体が動いてしまう。それで……以前、兵舎で君に無体を強いた」

「……」

「マヌエルに対しても、嫉妬をした。もっと冷静になって、君の話を聞くべきだった。君に関する事だと、どうしても俺は……自制心が役に立たなくなるらしい」

オルキスが、ところどころつっかえながらも、語ってくれる本音。

アイリーンが絶句していると、オルキスが目を逸らした。

「……不快な話を聞かせた。悪い」

「待ってください。不快ではなく、驚いたのです。あなたの口から、そんな話が聞けるとは、思わなくて」

瞳に涙を浮かべたアイリーンは、オルキスに倣って彼の頬を両手で包み込む。

「ねぇ、オルキス様。私は以前、お伝えしましたよね。あなたになら、何をされてもよいのだと。誤解されるのは悲しいので、何をされても、とは断言できませんが、今はとても嬉しいのですよ」

「嬉しい？」

「はい。あなたが思っていた事、感じていた事を、心の声で推測するのではなく、あなたの口から聞けて……とても感動しています」

アイリーンは頬を緩め、春の日差しのように温かく微笑んだ。

「オルキス様は怒ると怖いので、ちゃんと手加減して欲しいですが、それでも、好きな男性にヤキモチを妬いてもらえるというのは、女心としては嬉しいものなのです」

（――……そういうものなのか）

「そういうものです」

「心を読むな」

「勝手に、聞こえてしまうのです。お許しください」

怒った口調で言うのに、顔はいつも通りの仏頂面なので、アイリーンは頬を緩めながら彼の首に抱きついた。ぎゅっと抱擁していると、背中を叩かれて離される。

(――言うべき時は、きっと今だろう)

「……?」

オルキスがアイリーンの両手を握って、その場に立たせた。恭しく手を握り、ベンチから数歩、前に進ませる。

オルキスが軽く身を引き、その場に片膝を突いた。国王に謁見する時のように、アイリーンに向かって深く頭を垂れる。

「オルキス様?」

「――この、オルキス・フォーサイス。あなたの前で誓います」

アイリーンの手をそっと取り、手の甲に一度、指先にも一度だけ唇を押し当てる。

これは、騎士の誓いだ。

アイリーンは背筋を伸ばして、跪いているオルキスを見下ろした。

「これから先、何があっても、私はあなたを護ります。もしかしたら、また、あなたを泣かせる時があるかもしれません。その時は、どうか寛大なあなたの心で、私を許してくれませんか。許しの言葉を聞くためだけに、私はきっと、奔走《ほんそう》するでしょうから」

空から降り注ぐ月光の下で、王国騎士団の長であるオルキスが、アイリーンだけに頭を垂れて愛の言の葉を口にする。

低く掠れたバリトンの声で紡がれていく誓いが、静謐《せいひつ》な庭園に響き渡っていった。

「アイリーン。私はあなたを愛しています。そして、これから先も、ずっとあなたを愛し続けると誓います。あなたを愛するあまり、幾度も失態を見せてしまう愚かな男ですが、どうか、これからも……あなたを想い続ける事を許すと、おっしゃってください」

(——君だけを、心から愛している)

心の声と誓いの声が重なった。

オルキスが、今はアイリーンだけの騎士となって、永遠の愛を誓ってくれたのだ。

アイリーンは再び嗚咽を漏らしそうになったが、ぐっと唇を噛んで堪える。

「……オルキス様。お顔を上げてください」

ゆっくりと顔を上げるオルキスの頬に、アイリーンは手を添え、そっと撫でた。

「もちろん、許します。これから先も、ずっと……永遠に、私を愛してください」

そしてアイリーンは、涙の代わりに愛らしい笑顔の褒賞を、彼女だけの騎士に与えた。

オルキスが、眩しそうに目を細めた。

(——君は、なんて愛らしく、美しい女性だ)

「あなたも、なんて凛々しく、頼もしいお方でしょう」

アイリーンが言葉を被せると、オルキスが一瞬、動きを鈍らせる。

その直後、オルキスが腰を上げて、遠慮なくアイリーンを抱き締めてきた。乱暴に抱き寄せられても、アイリーンは頬を緩めたまま、逞しい胸に顔を埋める。

「……ずっと、君を大切にする」

（――もう、離さない）

「……君を護り続ける」

（――俺の大切な女性）

「アイリーン」

（――君を、心から、愛して……）

「オルキス様」

アイリーンは両手を伸ばし、オルキスの口を塞いだ。

そして、真っ赤に火照った顔を伏せながら、もごもごと言った。

「ちょっと、お待ちになって。急にたくさん、愛の言葉を頂いても……私の心臓が追いつきません。飛び出してしまいそう」

「……」

オルキスは真顔のまま、無言で、照れているアイリーンを腕に閉じ込めた。

直後、アイリーンの耳に届いてきたのは、

（──やはり、とても愛らしい反応をする。……もっと、困らせたくなってきた）

「っ……！」

「……アイリーン」

「な、何でしょう……？」

「マヌエルにもらったという、例の薬だが」

　アイリーンは、嫌な予感がした。困らせたくなってきた、という発言を聞いた時から不穏な気配を感じていたが、今、その不安が現実のものとなる。

「一粒くらい、余っては、いないのか？」

「ど、どうしてでしょうか？」

「……」

「黙らないでください」

（──答えずとも、決まっているだろう）

　じっと見つめてくるオルキスと視線を絡め、アイリーンは背筋を伸ばした。

（──君の声を聞き、どのように感じるのか知って、君を存分に可愛がりた……）

「マヌエルに返してしまいました」

　アイリーンは最後まで聞かずに、早口で答える。顔から火が出そうだった。

　オルキスはしばらく考え込む素振りをしてから、そうかと頷く。

（――ならば、仕方がない。諦めるとしよう）

アイリーンは、ほっと安堵の息を吐いて、オルキスの首に腕を巻きつけた。

「オルキス様」

「……何だ」

「私も、誓いを立てていいでしょうか」

「？」

怪訝そうなオルキスを見つめ、アイリーンは背伸びをしながら囁いた。

「これから先、あなたを永遠に愛します。もしも、私が愚かな行為をしたら、遠慮なく叱ってやってください。そして、どうか、寛大なあなたの心で私を許してくれませんか」

アイリーンは顔を傾けると、オルキスの唇に自分の唇を寄せていく。

「きっとそれは……あなたを想うあまり、する事でしょうから」

そして彼女は、恋を愛へと育ててくれた最愛の人に、永遠の愛を誓うキスをした。

オルキスがアイリーンを抱き留め、二人で存分に口づけを交わしている最中、宮殿の広間から美しい唄が、微かに聞こえてくる。

吟遊詩人がリュートの音に乗せて紡ぐ、甘くて、少し不思議な、恋物語の唄が――。

エピローグ

兵舎へと足を踏み入れたアイリーンは、側付きのメイドと、案内役の騎士に伴われてオルキスの執務室へと向かっていた。

すると、廊下で兄のヴィクターと遭遇《そうぐう》する。

「こんにちは、ヴィクター兄様」

「おお、アイリーンじゃないか。今日は、どうしたんだ?」

「オルキス様がお仕事されている姿を、見せて頂きに参りました。もちろん、許可は頂いておりますよ」

アイリーンはそこで口を噤み、ヴィクターと一緒に居るキールと、他の騎士が、そわそわしているのに気付いて、微笑みかけた。

「皆さんも、こんにちは。いつも、夫がお世話になっております。今日、時間があったら、皆さんがお仕事されているところも見学させて頂きますね。では、お仕事、頑張ってください」

ドレスの裾を持って綺麗にお辞儀をして見せると、ヴィクター以外の騎士が一斉に背筋を伸ばして、その場に片膝を突いた。

ヴィクターが呆れた顔で、ぐるりと目を回す。

「やれやれ。確かに俺の妹は可愛いが、ここまで同僚を悩殺されると考えものだな」

「個人的には、お兄様に一番、頑張って働いてもらいたいものです。ぜひとも、ヴィクター兄様の凛々しいお姿を拝見したいので」

「俺の凛々しい姿を、アイリーンが見たいだと？」

アイリーンの言葉を反芻《はんすう》し、すぐにその気になったヴィクターが、同僚に倣って片膝を突いて彼女の手を取った。

「もちろん、見せるさ。俺が一番、この中で格好いいからな」

アイリーンは苦笑しながら、兄の手を握り返す。

「ヴィクター兄様は、いつでも格好いいですよ。また、悩み事ができた時は、お兄様に相談させてもらいますから。一応、頼りにしているので」

「っ……アイリーン！」

勢いよく立ち上がったヴィクターに抱きつかれ、アイリーンは兄の背中を叩いた。

「お兄様。オルキス様に見られたら、大変ですよ」

「あ、ああ。そうだったな。団長にしごかれるのは、もう、ご免だ。死にかけたからな」

すぐさま、ヴィクターが身を離して、周りを見渡す仕草をする。跪いている騎士達も同じ行動をしていた。

アイリーンは呆れたように笑い、兄達と別れて、オルキスの執務室へと向かった。

◇

その日、執務室には、見学をしに来るアイリーンの他にも珍しい客が訪れていた。

オルキスは窓辺に凭れて腕を組みながら、マヌエルへと視線を向ける。貴族の子息のようなジャケット姿のマヌエルは、いつも持ち歩いているリュートを持っていない。

先ほど、来客だと言われて入室の許可を出したら、この吟遊詩人だったのである。

オルキスは抑揚のない声で、用件を問うた。

「何の用だ」

「先日は、大変失礼を致しました。その謝罪に参ったのです」

「……記憶にないが。何かしたか」

オルキスが、ぶっきらぼうに言うと、マヌエルが笑って見せる。

「思わせぶりな態度を取り、お嬢様にも強引に例の薬を飲ませました。全て水に流して頂けると、そう解釈しても、よろしいのでしょうか」

アイリーンとの誤解が解けた今、いつまでも引きずっているのは、男としてもどうかと思う。最愛の女性の言葉を信じる騎士ならば、潔く許すべきだ。

オルキスは肯定の意を込めて、口を閉じたままでいた。

すると、マヌエルは笑みを深め、おもむろに胸ポケットへと手を入れる。

「初めてお会いした時、あなたは私を、まるで射殺しそうな目で睨んでいましたね。ご存じかと思いますが、私とお嬢様は色気のある関係ではありません」

「……彼女から、聞いた」

「トルエで会話をしている最中も、私達の間には節度を保った距離がありました。高名な騎士殿とお伺いしていたのですが、あなたはそれに気付かなかった。どんな人も、恋に狂うと盲目になってしまうのだなと思いました」

「……俺を、貶《けな》しているのか」

「とんでもありません。ただ単に、羨ましいと感じただけです」

「羨ましい？」

「お嬢様にもお話ししてありますが、かつて、私には愛する女性がおりました。今は亡き彼女の面影を、私はずっと追い続けております。ですから、ご安心ください」

「それは、つまり…………悪かった」

踏み込むべきではない、他人の事情を知ってしまった。

オルキスは姿勢を正すと、軽く頭を下げる。彼の実直さを表す態度を見て、マヌエルは首を横に振った。

「謝られるような事を、あなたはされておりません。ただ私は、もどかしいお二人を見て、どうにも口を出したくなったのです。私は、お嬢様に恩があります。あの方は、私を一人の音楽家として扱ってくれた。だから、幸せになって頂きたかったのですよ」

マヌエルが胸元から、小さな小瓶を取り出した。

「これについては、お聞きになりましたか？」

「……例の薬だな」

「その通りです。あの聡明なお方は、やはりあなたに話したのですね。お嬢様らしい決断です。きっと、あのまま持っていても、あの方は躊躇なく捨ててしまったでしょう」

そう言って、マヌエルが小瓶の蓋を開ける。

「騎士殿。お手を」

「何だ？」

「一粒だけ、差し上げましょう」

マヌエルが、悪戯《いたずら》めいた笑みを浮かべ、パチンとウインクしてきた。見た目は穏やかで物腰柔らかな印象があるのだが、今の彼は、悪戯を思い付いた子供みたいな茶目っ気たっぷりな表情をしている。

「あなたへの謝罪の品です。これを飲んで、お嬢様と仲を深めるとよろしい」

「……アイリーンからも聞いたが、どうにも信じがたい。効果は本当なのか？」

「飲んでみれば、答えが分かりますよ」

「……」

オルキスは躊躇したが、マヌエルのもとへと歩み寄って手を差し出した。丸薬が一粒、転がり出てくる。

「そのまま、お飲みください。身体に害はありません」

言われた通りに、オルキスは口に含んで飲みこんだ。

「……これで何か、変わったのか」

「お嬢様にお会いすれば、分かりますよ」

小瓶をしまったマヌエルは、くすくすと笑いを零して小声で呟く。

「……後で、お嬢様に叱られてしまうかもしれませんね」

「？」

オルキスが眉を寄せると同時に、ノックの音がした。アイリーンが到着したと、案内役の騎士の声がする。

「ああ、お嬢様がいらしたのですね。では、私はお暇させて頂きます」

「マヌエル」

「はい。何でしょうか、騎士殿」

「……色々と、悪かった」

オルキスが謝罪を口にすれば、マヌエルは首を傾げた。

「気にしておりません。むしろ、騎士とご令嬢の恋物語をテーマにした、素晴らしい唄が一曲できました。ありがとうございます」

「唄?」

「これにて、私は失礼いたします。また、夜会の席でお会いする事もあるでしょう。その際は、ぜひご挨拶をさせてください」

マヌエルは一礼すると、アイリーンと入れ替わりに、軽い足取りで廊下へと出て行く。

部屋に入ってきたアイリーンは、驚いた目でマヌエルを見送っている。

「オルキス様。マヌエルがいらしたのですか?」

「ああ」

「何のお話を?」

「……謝罪をされた。思わせぶりな態度を取った、と」

アイリーンは納得したように頷き、メイドを部屋の外で待たせて近付いてきた。彼女が両腕を伸ばしてきたので、オルキスは身を屈めて抱き返す。

例の夜会の日から、大よそ一週間が経過している。オルキスは、休暇の間に溜まっていた職務がなかなか片付かず、屋敷に帰るのが遅い日が続いていた。

アイリーンと顔を合わせるのは、朝食で挨拶をする程度で、抱き合う時間もない。

「今夜は、早めに、お帰りになられるのですか？」

「ああ」

「お仕事が片付いたのですね」

「どうにか」

短い相槌にも、アイリーンは嬉しそうに顔を綻ばせて抱擁してくる。

と、その時であった。

(――今夜は、オルキス様と一緒に過ごせるのね)

オルキスは、両目を瞬かせた。アイリーンの顔を見つめると、彼女の頬が火照る。

(――どうして、こんなに顔を見つめられているのかしら。緊張してしまう)

「アイリーン」

「何でしょう」

「……いや、何でもない」

アイリーンは口を閉ざすが、その声は途切れなく、聞こえてきた。

(――やっぱり、顔を見つめられているわ)

「……」

(――やだ、私の顔に何か付いているのかもしれない。心配になってきたわ)

瞬きもせずに凝視しているせいか、アイリーンの頬は、真っ赤になっていた。

(――それとも、まさか……キス、されるのかしら。心の準備をしなくては)

オルキスは、おもむろにアイリーンの顎を持ち上げると、顔を傾ける。彼女の要望通り、柔らかな唇を自分の唇で塞いだ。

「っ……ん」

(――久しぶりの、オルキス様のキス……とても、心地よい)

目を閉じたアイリーンが背伸びをして、一生懸命、応えようと顔を押し付けてくる。

片や、オルキスは眉を寄せながら、アイリーンとのキスを中断した。

「あ……」

(――もっと、して欲しかったのに)

オルキスの視線から逃れるように、アイリーンが目を泳がせながら身を引く。

(――次は、いつ、キスをしてもらえるのかしら)

オルキスは、おもむろに片手で顔を覆った。アイリーンをそっと退かし、背を向ける。

「オルキス様?」

（──どうしよう。私が、積極的すぎたのかしら……女性のほうから、唇を押し付けるのは、あまりよくないのかも。はしたない）

「……いや……俺は、構わないが」

「え？」

「……何でもない」

（──どうしたのかしら。何だか様子がおかしいわ。まさか、さっきヴィクター兄様に抱き締められたのを、見られてしまったのかも。でも、相手はお兄様だし）

「……ヴィクター？」

「あっ、違うのです！　昔からお兄様は、ああなので、お気になさらないで」

オルキスは、ヴィクターを後で訓練場に呼ぼうと心に決めながら、慌てふためいているアイリーンを横目で見やる。

（──オルキス様、また怒っていらっしゃるのかしら）

「……アイリーン」

「はい」

「仕事は早めに終わらせる。一緒に屋敷へ帰るか？」

オルキスの提案を聞いて、アイリーンが暗い表情から一変、満面の笑みを浮かべた。

「はい！」

(——オルキス様と一緒に帰れるのね。嬉しいわ……あ、でも、帰ったら)

不意に、アイリーンが顔を伏せて、もじもじし始めた。

(——今夜は、久しぶりに……されてしまうのかしら。嬉しいけれど、緊張する)

オルキスはアイリーンへと完全に背を向けると、額に指を押し当てて項垂れる。

次から次へと耳に飛び込んでくる声は、とても素直で、オルキスに対する好意だけが感じ取れた。

こういう事かと、オルキスはマヌエルが向けてきた笑みの意味を知る。

確かにこれは心の声だ。しかも、ずっと聞いていたいと思ってしまうほど愛らしい。

「……オルキス様?」

「……しばし、待て」

「どうされたのです？　あら、まぁ……お顔が真っ赤ですよ。熱でも、あるのでは？」

機敏な動きでオルキスの正面に回ったアイリーンが、驚いた表情で額に手を当てて、熱を測ってくる。

(——心配だわ。激務が続いていらしたようだから、具合が悪いのかもしれない。今夜は帰ったら、寝かせて差し上げなくては)

「いや」

オルキスは、アイリーンの手首をしっかりと握り、いつになく強い口調で言った。

「元気だ。この上なく」

「本当ですか？」

「ああ……すぐにでも、仕事を終わらせる」

「分かりました。では、私も隣で応援していますね」

アイリーンが部屋の隅に置いてある椅子を引きずってきて、執務椅子に腰かけるオルキスの隣に陣取った。

（――オルキス様のお仕事姿は初めて見るわ。剣を握った姿も素敵だったけれど、真面目に書類を片付けている姿も、とても素敵）

アイリーンの視線を感じ、ひたすら好意的な心の声を耳で拾いながら、オルキスは無表情を保つ。そして、いつもより何倍も速い速度で、書類に羽根ペンを走らせ始めた。

◇

オルキスの仕事が早めに終わったので、日が暮れる前に屋敷へ帰宅する事ができた。

久々に、夕食をオルキスと一緒にとる事ができたので、アイリーンは機嫌がよかった。

メイドの手を借りて湯浴みをし、シルクのネグリジェに着替えたアイリーンは、鏡台の前に腰かけていた。少し音が外れた鼻歌を口ずさみながら、髪を梳《くしけず》る。

今夜、彼は部屋に来るのだろうか。

アイリーンはぽっと頬を染め、ふわふわとウェーブがかかった髪を指に絡める。

「……久しぶりだから、緊張するわ」

ぽつりと呟いた時、ノックの音がした。どうぞ、と声をかけたら、オルキスが扉を開けて入ってきた。寝間着のシャツの上にガウンを着ており、寝支度が整っている。

「こんばんは、オルキス様」

「ああ」

迷いのない足取りで近付いてくるオルキスを見て、アイリーンの鼓動が高まった。

（――どうしましょう。まだ、心の準備ができていない）

アイリーンが落ち着きなく視線をあちこちに向けていたら、背後で足を止めたオルキスが、ゆっくりと彼女の手から櫛《くし》を取り上げた。アイリーンの髪をすくって、梳かし始める。

男性に髪を梳かしてもらう。とても親密な行為に思えて、アイリーンは照れた。

正面の鏡越しにオルキスを見ていれば、優しく髪を梳かしていたオルキスが、ふと目線を上げる。鏡の中で目が合った。

「……心の準備は、できたか」

「あ、ええと……」

「俺はできた」

鏡の中のオルキスが、アイリーンの髪に唇を当てている。

「……私も、心の準備は……できて、います」

(——嘘、まだ、できていない。鼓動が胸の中で暴れているわ)

オルキスが鏡台に櫛を置き、後ろからアイリーンの顎に手を添えた。指の腹が唇をなぞり、そのまま首筋へと這い落ちていく。ネグリジェの襟元を撫でられて、鏡越しに食い入るように眺めていたアイリーンは、目を伏せた。

(——これ、きっと、オルキス様に誘われているのね。だって、触り方が、とても……)

オルキスがアイリーンの髪を束ねて、持ち上げた。露わになるうなじへと、身を屈めて唇を押し当ててくる。ぴくん、と震えた。

「あっ……」

オルキスの両手が肩を撫でて、そこから前に移動してくる。薄いネグリジェの上から胸元を揉まれる。

「んっ……あ、ぁ……」

恥ずかしい声が、出てしまう。でも……彼に触れられるのは、とても心地よい。

アイリーンは背凭れに身を預け、真後ろに居るオルキスの体温を感じた。

オルキスがアイリーンの耳に舌を這わせ、軽く齧ってくる。彼の吐息が鼓膜を震わせたので、アイリーンは甘い声を零した。

「あっ、ん」

オルキスがネグリジェの襟元のリボンを解いて、引き下ろした。白い肌が露わになる。胸元が露出された自分の姿が鏡に映り、アイリーンは息を呑んだ。

(――なんて、はしたない姿かしら。恥ずかしい……)

アイリーンが両手で胸元を隠そうとしたら、咎めるように手首を握られる。

「……隠すな」

耳の横で、低い声がした。

アイリーンは硬直した後、素直に従う。恥ずかしさを押し殺し、手を退かした。

アイリーンの無防備な肌を、オルキスが鏡越しに眺めているのが分かる。いつも目つきが鋭いのに、今日はいくらか目元が柔らかい気がした。

(――……オルキス様ったら、どうしてこんなに見てくるのかしら。私の肌なんて、見慣れているはずなのに)

オルキスが鏡を見ながら、乳房を揉んでいく。

「あぁ……あっ、ん……」

指先で尖る先端をこすられ、アイリーンは椅子の上で身悶えた。大きな手に包み込まれて揉みしだかれる感覚だけでも、お腹の奥が熱くなる。

(――彼の触れ方……とても、優しくて、好き)

急に、オルキスの手に力が籠もった。ぎゅっと乳房を握られ、アイリーンは震える。

「あ……っ」

今までにない強さで揉みしだかれたが、さほど痛みはない。

「んっ、んー……」

(——何かしら、これ……強いのに……こっちも、好きかも、しれない)

オルキスが片手で胸を揉みながら、アイリーンの顎を持ち上げた。身を乗り出し、横から接吻をしてくる。

「む……ん、はぁ……っ」

(——甘いキスは、好き……でも、もっと……激しくても、いい)

オルキスが動きを止めると、アイリーンの口内へ舌を滑り込ませてきた。口づけが深さを増していき、唾液を交換しながら貪り合う。

「あ……っ、ん……」

アイリーンはオルキスの頬に手を添え、拙いながらも応えた。

「ふっ、ん……」

(——もっと……もっと、キスがしたい)

オルキスが唇を一旦離し、アイリーンの手を握る。椅子を引いて立たされた。

「オルキス、さま……?」

不思議そうに見上げるアイリーンを、オルキスがきつく抱き締める。そして、顔を傾けながら、獰猛なキスをしてきた。さっきまでとは、全く違う激しさを伴って。

唇が腫れぼったくなるまでキスを受けながら、アイリーンは爪先立ちをする。背の高いオルキスの首にぶら下がるようにして、口内を蹂躙する舌を追いかけた。

「んっ、ふ……むっ」

オルキスがアイリーンの足の間に、膝を押し入れてきた。仰け反って倒れそうになる彼女を抱き留め、ネグリジェの裾を持ち上げる。手の平で、白い太腿を撫でていった。

「あぁ……」

執拗に太腿を撫でまわされ、アイリーンは身悶える。

(――どうしましょう。そこじゃなくて、触って欲しい……ところが……)

「……どこだ?」

「え……っ、あ……」

オルキスの膝がぐっと割り込み、ネグリジェと下着の上から、わざとらしく足の間をこすってきた。

アイリーンはオルキスの首にしがみついたまま、もどかしさに腰を揺らす。

「ん……オル、キス、さま……」

(――もどかしくて、堪らない。指で触れて欲しいのに。布越しじゃなくて、直接……)

アイリーンが唇を噛んで我慢していると、オルキスが耳殻を舐めてきた。

「……指で、直接？」

「あっ、いえ……」

「貸そう」

オルキスが、アイリーンの目の前に手を差し出してくる。

この手は、何なのかしら。

「君の好きに」

「そ、んな……」

「全て、君に従う」

さぁ、と促されて、アイリーンはごくりと唾を飲みこみ、オルキスの手を取った。

彼の手で、愛撫してもらいたい場所は一つしかない。けれど、それを口頭で伝えるのは勇気が要った。言葉の代わりに、行動に移してみる。

アイリーンは、おそるおそるオルキスの手を下へと移動させた。太腿の辺りまで降ろした時に、彼が短く呟いた。

「裾は自分で」

「っ……」

(――まさか、自分で捲れと言うの？　そんな恥ずかしい事、できない)

アイリーンが涙目になると、オルキスが顔を覗き込んでくる。じっと見つめられた。

「……っ、オルキス、さま」

「……」

「すみま、せん……はずか、しくて……自分では、できません」

自分で裾を持ち上げて、彼に触ってもらうなんて……とても、はしたないわ。

アイリーンのか細い懇願の声を聞き、無言のオルキスが、ちゅっと唇を奪っていく。

「んっ……」

「承知した」

オルキスが身を屈め、アイリーンを抱きかかえる。そして、鏡台に座らせた。足を開かせて肩に乗せると、裾に手を差しこんで下着《ドロワーズ》の紐を解いていく。

体勢、状況ともに執務室での行為を思い返して、アイリーンは両手で顔を覆った。

オルキスが下着を引き下ろして、足先から抜く。指先が太腿を撫でて、無防備になった足の間へと滑らされた。

望んでいた場所を指で弄られ、アイリーンは甘い嬌声を零す。

「ふ、ぁっ……あぁ……」

媚肉を押し開き、指を挿しこまれた。アイリーンは、心の中で呟く。

（――彼の指……とても、気持ちがいい）

ゆるり、ゆるり、と出し入れされる指に、うっとりと身を委ねていれば、オルキスが唇を舐める仕草をして、首に吸い付いてきた。

「アイリーン」

「……オルキス、さま」

（――キスが、したい）

心で願えば、すかさず、オルキスの唇が願望を叶えてくれる。甘ったるいキスを交わしながら、アイリーンはオルキスの筋肉質な肩に手を置いた。

「……あ……あっ……」

「……」

「ふっ、ん……ん……」

口づけをしている合間に、奥を広げていた指が一本、増やされる。とろとろに溢れ出している蜜液が掬《すく》い取られ、内壁に塗りこめられていった。

（――私、何だか、おかしい……）

アイリーンは、もじもじと腰を揺らし、オルキスの首に顔を押し付ける。

（――心地よいのに、そうじゃなくて……もっと、何かが、足りない……何か……）

刹那、アイリーンは物足りない理由が分かって、はっと息を呑んだ。既に、慣らされている身体が欲しているものは一つしか思い当たらない。

(――どうしましょう。私ったら、とても、はしたない身体になってしまったのね。オルキス様には、絶対に……口が裂けても、言えないわ。恥ずかしくて、死んでしまう)

アイリーンが赤面していると、オルキスが顔を下に向けた。僅かに、肩が揺れている。

「ど、どう、されたのですか……?」

「……何でもない」

下を向いているので表情は見えないが、オルキスの声が震えていた。

(――何でもないという反応では、ないわね。まさか、私の考えている事が、分かったのかしら……いいえ、そんなはずはないわ。あの薬を、飲んだわけでも、あるまいし)

オルキスが俯いたまま、小さく肩を揺らしているので、アイリーンは狼狽する。

「あの……オルキスさま?」

「……すまない。何でも、ないんだ」

深呼吸をしたオルキスが顔を上げる。いつもの、仏頂面だった。

アイリーンを愛撫していた指も、動きを再開する。湿った音を立てて、出し入れされる指を感じながら、アイリーンは喘いだ。

「んんっ、あぁ……あ……」

(――やっぱり、気持ちがいいのに……何かが、足りない)

「……あ、んっ……ふぁ、っ」

（――もっと、大きいものを……いいえ、だめよ、何を考えているの）

オルキスの指が、根元まで挿入される。間近で、オルキスがこれでもかというくらい彼女の顔を凝視していたが、朦朧としているアイリーンは気にも留めなかった。

「やっ、あ……んっ」

（――私が、はしたない、身体になったのは……全部、オルキス様のせいだわ。こんなに、気持ちがいい事を、私に教えるから……そうよ、そうに決まっているわ）

「……ふ」

オルキスの唇から小さな声が漏れたが、彼はすぐに顔を伏せてしまった。

アイリーンが薄目で見やると、彼はやっぱり、衝動を堪えるように肩を揺らしている。

「……どうなされたの？」

「……」

「オルキス様……？」

アイリーンは力の入らない手を、オルキスの頬に添えた。上を向かせ、絶句する。

無愛想が代名詞のオルキスが、口元を緩めて笑っていたからだ。

この時、アイリーンは彼の笑顔を初めて見た。

「っ……」

「……君は面白い」

「そう、でしょうか」

「ああ……そして、本当に…………愛らしい」

彼の欲情を伝える、掠れた声。

オルキスに、きつく抱きすくめられた後、アイリーンは鏡台から降ろされる。てっきりベッドへ移動するのかと思ったら、鏡台と向き合う体勢にされた。

「手を、ここへ」

鏡台に突けと指示をされ、アイリーンは躊躇しつつも、台に両手を置く。鼻先に迫った鏡には、ネグリジェを乱された自分の姿が映っていた。

咄嗟に目を背けたら、背後で衣擦れの音がして、腰を突き出す体勢にされる。

「……アイリーン」

「な、なんでしょう」

「今から謝っておく」

「……何に、ですか？」

「色々と」

臀部に硬いものが押し付けられ、アイリーンは言葉を飲みこんだ。強張った先端が、濡れそぼつ蜜口を背後から割り開いていく。

「っ……あぁ……！」

アイリーンは待ち望んでいた熱を体内に迎えて、身震いした。そして、感嘆する。

(——やっぱり……指よりも、太くて、大きい)

「……嫌いか?」

(——きらい、では、ありません……)

「だろうな」

軽く揺すられながら、意識を飛ばしかけていたアイリーンはふと、気付く。

今、アイリーンは何も喋っていなかった。けれども、彼と会話をしていた。

「っ……待って……オルキス、さま?」

(——あなた、もしかして……私の心の声を、聞いているの?)

アイリーンは、咄嗟に鏡を見た。鏡越しに目が合ったオルキスが、口端を持ち上げる。

「勝手に聞こえてくる」

「ま、さか……今日、マヌエルに……」

その名を出した瞬間、オルキスが強く腰を押し込んできた。硬い雄芯で奥を突かれる。

「っ、あぁっ……あっ、ぁ……」

(——だめ、気持ちが、いい……何も、分からなくなって、しまう)

オルキスに遠慮なく揺さぶられ、アイリーンの思考は、あっという間に酩酊した。

「あっ、ンンっ……うっ……あ、あ」

内側の味を堪能するように蜜液をかき混ぜていた雄芯が、最奥をつついた。

(——そこ、突かれると……何だか、おかしくなりそう)

「……ここか?」

「っ、やっ、あぁ……!」

的確に感じるところを狙われて、アイリーンは甲高い声で啼いた。

(——あ、そこ……どうしよう……気持ちが、いい)

「ここだな」

「だ、めっ……ち、がっ……」

頬を染め上げたアイリーンは、後ろからの突き上げから逃れるように鏡に手を突いた。

微かに息を荒くしたオルキスが、アイリーンの腰に腕を巻きつけ、ぐいぐいと剛直で穿ってくる。結合部に滑らされたオルキスの指が、ぷくりと尖った花芽まで弄り出した。

(——待って……一緒には、だめ……お願い)

「……オル、キス、さま、ぁっ……やっ、やめ、てっ……」

(——ああ、でも……やっぱり、そこも、気持ちがいい……もっと、さわって)

「っ……ふ」

オルキスがまたしても、笑いを零す。何があっても無表情のオルキスが、非常に珍しい事に、笑みが抑えきれないほど機嫌がいいらしい。

その理由が、アイリーンには嫌というほど分かった。

素直な心の声が、全て彼に筒抜けになっているため、アイリーンは頬を真っ赤に染めて、エメラルドの瞳に涙を浮かべた。

「こ、んなっ……わたし……はずか、し……」

「……確かに、とても……はしたない」

「っ……」

「だが……」

意地悪な囁き。奥を突かれながら、アイリーンはぽろりと涙を流した。

「俺は……すごく、気分がいい」

「はっ、あ、ん……っ」

いつになく饒舌だったオルキスが、それきり黙り込む。アイリーンを抱え込み、息を荒らげながら身体を揺さぶり始めた。

そこには遠慮がなく、粗暴で、荒々しい。

アイリーンも、すぐにわけが分からなくなって、流した涙の理由さえ忘れる。

「あぁ、あっ、ふ、あ……！」

「……っ」

「オ、ル……キス、さまっ……」

(——もっと、もっと……乱暴でも、いい……)

「っ、は……駄目だ……アイリーン」

アイリーンの腰を掴み、幾度も中を犯しながら、彼が掠れた声で言った。

「また、君を……傷つけて、しまう」

「……んっ、んんっ……あ」

歯を食いしばって堪えているオルキスに、アイリーンは何度も首を横に振った。

(——いいの、傷ついても……あなたに、なら……)

「オルキス、さまっ……あ、っ……もう、っ……」

「アイリーン……」

揺さぶりが大きくなり、アイリーンは身を反らせる。

オルキスの息遣いも切羽詰まったものになり、やがて深く根元まで穿ち、吐精した。

「っ、あぁ、っ……ぁ……」

「……っ」

どくどくっ、とお腹の中で弾ける熱を感じながら、アイリーンは正面の鏡に映るオルキスを、震える指でなぞる。

彼は息を整えながら、アイリーンを抱き締めていた。衝動を堪えるように、両目をきつく閉じている。

アイリーンは、どこまでも甘く、蜂蜜のような柔らかい声色で囁いた。

「あなた、が……ずっと……のぞんで、いた、とおりに……わたし、を……」


（——めちゃくちゃに、して）


心の中で囁いた瞬間、オルキスが鋭く息を止める。

「やめ、ろ……駄目だ……」

「いいの……」

「アイリーン」

アイリーンは鼻を啜り、オルキスに甘い声で、おねだりした。

「オルキスさま……おねがい」

「……」

「だめ……？」

オルキスが嘆息し、覚悟を決めたように、アイリーンを抱きかかえる。

「……君を……めちゃくちゃに、してしまいたい」

「……して」

「気が済むまで……抱きたい」

「……抱いて」

（——今夜は、私の全てが、あなたのものだから）

息を吸ったオルキスが、アイリーンの中から硬いままの雄芯を抜いた。崩れ落ちそうになる彼女を抱き上げ、天蓋つきのベッドへと運ぶ。

アイリーンを仰向けに転がし、服を脱ぎ捨てたオルキスが覆いかぶさってきた。

「っ……ん、はぁっ……」

アイリーンに口づけながら、足の間に腰を割り込ませてくる。そして、先ほどまで繋がっていた雄芯を、再び奥まで挿入してきた。

「あ、ぁ……」

「アイリーン……」

「オル、キス……さま」

アイリーンは、荒々しく動き出すオルキスの背に抱きつく。好き勝手に揺すられ、思う存分、接吻をしながら彼の全てを受け入れた。

「……アイリーン……愛して、いる」

アイリーンは幸せそうに、ぎこちない愛の告白をくれるオルキスへと抱きつく。

もう、オルキスの心の声を聞く必要はなかった。

「私も……あなたを、愛しています」

こうして二人で抱き合い、言葉に出して、愛を語り合う事を覚えたのだから。


「あの……オルキス様は、私の幼い頃をご存じですか？」

まどろみの中、アイリーンは隣に寝そべるオルキスへと、小声で質問を投げた。

オルキスは澄んだ青色の瞳でアイリーンを見つめた後、ふいと顔を逸らす。

「幼い頃の私を、知っておられるような心の声を、何度か耳にしました」

「……」

「もしかして……私が幼い頃にピアノを弾いてお聞かせした騎士は、あなたですか？」

オルキスは両目を閉じた。答える気がないという意思表示だ。

しばし、アイリーンは考え込み、幼い頃の記憶をたぐり寄せた。

「確か、お名前は……ただのきし、さま？」

十年以上も前の出来事だ。うろ覚えだったが、記憶の底から引き出した名を口にすれば、微かな溜息が聞こえる。

寝返りを打ち、アイリーンに背を向けたオルキスが、ぼそりと小さな声で言った。

「……『ただの騎士だ。名乗るほどの者じゃない』」

「その台詞って、やっぱり……」

オルキスが、ちらりと横目でアイリーンを見てくる。

「……名前じゃないと、何度言ったら分かる」

——それは名前じゃない。

かつて、出会った若い騎士と、目の前の男性の姿が重なった。

一瞬の間を置いて、アイリーンは満面の笑みを浮かべる。ゆっくりと起き上がり、そっぽを向いているオルキスに乗り上げた。

「あの騎士様は、あなただったのですね」

アイリーンは、沈黙しているオルキスの手を取り、自分の頬に押し付ける。

「私の音痴な歌を褒めてくれたのは、後にも先にも、あなただけなのです。本当に、ありがとうございます」

「……」

「あら、まぁ。オルキス様。急に、お顔が赤……」

「黙れ」

オルキスの手が、アイリーンの頭を掴んで引き寄せた。

言葉を遮るようにキスをされたが、それが照れ隠しだと、もう分かっているアイリーンは抵抗せずに、幼き日に出会った騎士からの甘い口づけを、受け入れるのであった。

あとがき

こんにちは。はじめましての方は、はじめまして。蒼磨奏《あおまそう》です。

早いもので、私の五冊目になる本をお手に取ってくださり、ありがとうございます。

ここから本文の内容に触れますが、今回は『ヒーローの心の声が聞こえる』というファンタジー設定をメインに、今まで書いてきた話とは雰囲気が違う作品に挑戦してみました。

前半はヒーローの『心の声』が聞こえて動揺しながらも、明るいヒロインが、寡黙で何を考えているか分からない旦那様の情熱的な面に驚きつつ、薬の助けを借りて距離を縮めようと奮闘していきます。後半はヒロインがヒーローの『心の声』に頼るのをやめ、実際に『言葉』を使った会話を比較的多めにしてみたので、読みやすいのではないか、と思っています。

ちなみにヒーローのオルキスは、寡黙で無表情で不器用な騎士団長ですが、蓋を開けてみたら荒々しく情熱的で、ムッツリなヤキモチやきの旦那様という設定です。エピローグでは、ヒロインのアイリーンの『心の声』が逆に聞こえてしまい、初めて笑顔を見せてくれます。

そうした過程を経て二人が『心の声』ではなく、『言葉』で気持ちを伝える事により、本当の夫婦になるまでを楽しんで頂ければ幸いです。また、今回の作品については、無表情のヒーローが裏ではこんな事を考えているのか！　と、そこも見どころです。

それから今回、表紙と挿絵を担当してくださった芦原《あしはら》モカ先生。精悍で凛々しいオルキスと、愛らしいアイリーンを描いてくださって、本当にありがとうございました！

こんな凛々しい顔をしているのに、心の中ではあんな事を考えているのか……と、思わず画面の前で微笑んでしまいました。素敵なイラストにも、ご注目ください！

あと、毎度の事になりつつありますが、今回もまた、〆切等で担当様には多大なご迷惑をかけまして……色々とご指導や、的確なアドバイスを頂けたお陰で、作品を書き上げる事ができました。例のごとく、お尻も叩いてもらいました。本当に、ありがとうございました。

そして刊行に携わってくださった出版社の方々、両親、全力で応援してくれる友人達、自分の身の事のように喜んでくださるお知り合いの方々、そしてお手に取ってくださったあなたにも、お礼の言葉を。

この作品が、少しでもあなたの心に残る作品であったのなら、これほど嬉しい事はありません。

このたびは、本当にありがとうございました。

蒼磨　奏

寡黙《かもく》な騎士団長《きしだんちょう》の淫靡《いんび》な本能《ほんのう》

ティアラ文庫をお買いあげいただき、ありがとうございます。
この作品を読んでのご意見・ご感想をお待ちしております。

✦ ファンレターの宛先 ✦
〒102-0072　東京都千代田区飯田橋3-3-1
プランタン出版　ティアラ文庫編集部気付
蒼磨奏先生係／芦原モカ先生係

ティアラ文庫&オパール文庫Webサイト『L'ecrin《レクラン》』
http://www.l-ecrin.jp/

著者――**蒼磨奏**（あおま　そう）
挿絵――**芦原モカ**（あしはら　もか）
発行――**プランタン出版**
発売――**フランス書院**
〒102-0072　東京都千代田区飯田橋3-3-1
電話（営業）03-5226-5744
（編集）03-5226-5742
印刷――誠宏印刷
製本――若林製本工場

ISBN978-4-8296-6776-7 C0193

ティアラ文庫

Tia6755

♥ 好評発売中! ♥

原稿大募集

ティアラ文庫では、乙女のためのエンターテイメント小説を募集しております。
優秀な作品は当社より文庫として刊行いたします。
また、将来性のある方には編集者が担当につき、デビューまでご指導します。

募集作品

H描写のある乙女向けのオリジナル小説（二次創作は不可）。
商業誌未発表であれば同人誌・インターネット等で発表済みの作品でも結構です。

応募資格

年齢・性別は問いません。アマチュアの方はもちろん、
他誌掲載経験者やシナリオ経験者などプロも歓迎。
（応募の秘密は厳守いたします）

応募規定

☆枚数は400字詰め原稿用紙換算200枚～400枚
☆タイトル・氏名（ペンネーム）・郵便番号・住所・年齢・職業・電話番号・
　メールアドレスを明記した別紙を添付してください。
　また他の商業メディアで小説・シナリオ等の経験がある方は、
　手がけた作品を明記してください。
☆400～800字程度のあらすじを書いた別紙を添付してください。
☆必ず印刷したものをお送りください。
　CD-Rなどデータのみの投稿はお断りいたします。

注意事項

☆原稿は返却いたしません。あらかじめご了承ください。
☆応募方法は郵送に限ります。
☆採用された方のみ担当者よりご連絡いたします。

原稿送り先

〒102-0072　東京都千代田区飯田橋3-3-1
プランタン出版「ティアラ文庫・作品募集」係

お問い合わせ先

03-5226-5742　　プランタン出版編集部